初恋彗星
綾崎 隼
Syun Ayasaki
イラストレーション
ワカマツカオリ

目次

プロローグ　006
第一話　満天の星空に君の声が　009
第二話　流星群と未来の行方　051
第三話　星降る君の公転周期　077
第四話　巡り合う星　111
幕間　初恋彗星　152
第五話　星の家族　251
最終話　星空にお祈り　289
エピローグ　320

初恋彗星

綾崎 隼
Syun Ayasaki

イラストレーション／ワカマツカオリ

登場人物

逢坂　柚希（あいざか・ゆずき）……主人公

舞原　星乃叶（まいばら・ほのか）……転校生

美蔵　紗雪（みくら・さゆき）……幼馴染

嶌本　琉生（しまもと・るい）……同級生

逢坂　健一（あいざか・けんいち）……柚希の父

美蔵　友樹（みくら・ともき）……紗雪の父

美蔵　遥（みくら・はるか）……紗雪の母

舞原　慧斗（まいばら・けいと）……星乃叶の父

舞原　美津子（まいばら・みつこ）……星乃叶の継母

水村　玲香（みずむら・れいか）……同級生

A true companion is loving all the time,
and is a brother that is born for when there is distress.
PROVERBS17:17

「真の友はどんな時にも愛を抱く、苦境の為に生を受けた兄弟である」

箴言 17:17

プロローグ

どうして彼女は俺を好きになったんだろう。

どうして俺じゃなきゃ駄目だったんだろう。


二〇一七年、六月。

俺は先月で二十七歳になった。隣で眠っている星乃叶《ほのか》と出会ったのは小学生の時だから、もう十五年以上前の話になる。

「もう朝だよ。いつまで寝てるの？」

頭を垂れたスノードロップが、その影をベッドの上に落としている。

気持ち良さそうに眠る星乃叶が目を覚ます気配はない。

「おいてっちゃうよ」

彼女の額に軽くキスをして、静かに腰を上げた。

星乃叶を想う気持ちに形ある何かを足すことも、形のない何かを引くことも出来ないけど。

例えば俺と星乃叶のどちらかが、別の誰かを好きになったとして、そんな別の誰かをお互いよりも深く愛してしまったとしても。

思うのだ。それでも星乃叶への愛が失われたわけではないのだということを、こんなにも愛おしく想っていた日々と、大切にしたいとそれだけを願った日々が、嘘《うそ》に変わってしまうわけではないのだということを。

優しい気持ちは嘘じゃない。
愛されたい気持ちも罪じゃない。
何もかも理屈じゃない。
好きな気持ちはしょうがない、それだけだ。

第一話

満天の星空に君の声が

1

星乃叶《ほのか》と出会ったのは、日本中がワールドカップの狂熱に包まれていた、二〇〇二年のことで、『希望』という言葉の本質を知ったのも、あの頃だったように思う。

六月四日、埼玉スタジアムで行われた日本代表の初戦。ベルギー代表ヴィルモッツのオーバーヘッドが決まり、やはり日本は勝てないのかと、小学六年生だった俺は頭を抱えた。どうして、こんな大舞台で、あんなシュートが決まってしまうのだろう。

だけど、そのたった二分後。

十一番、鈴木《すずき》隆行《たかゆき》のつま先で押し込んだゴールが決まり、俺は吠《ほ》えた。その瞬間、胸の中にあったのは、形容しがたいほどの『希望』だった。

俺たちの物語が始まったのは、その翌日のことだ。星乃叶は時季外れの転校生で、ある事件をきっかけに俺たちは親しくなる。

もしかしたら、これは『希望』とは程遠い物語かもしれないけど、許されるならば語らせて欲しい。まずは少しだけ特殊な、うちの家庭の事情を話すべきだろうか。

逢坂柚希《あいざかゆずき》、少々風変わりな姓を持つ俺は、一九九〇年の五月、山梨県のごく平均的な中流家庭の長男として生まれた。

物心がつくより前に両親は離婚し、俺は父親に引き取られる。父はそれなりの会社で、それなりの役職に就き、それなりの収入があったわけだが、働きながら幼い息子を一人で育てられるはずもなく、仕事の関係で実家に戻ることも出来なかった父は、ある選択をした。

父には小学生時代からの親友がいる。その美蔵友樹《みくらともき》さんは父より二年早く結婚しており、小さいながらも一戸建ての家を購入していて、美蔵家には俺より一週間ほど遅く生まれた娘がいた。

母に出て行かれた父は、美蔵家の隣の空き地を買い取り、一軒家を建てる。友樹さんの妻は、とても懐の深い女性で、「柚希ちゃんは任せなさい」と、自分の娘と一緒に、日中いつも俺の面倒を見てくれたのだった。

そんなわけで俺は友樹さんの奥さん、遥《はるか》さんを実の母のように慕っているし、その娘の紗雪《さゆき》とは実の兄妹のようにして育ってきた。

幼馴染である美蔵紗雪は、一言で言えば、よく分からない女の子だった。

幼少期はほとんど常に一緒にいたし、幼稚園、小学校に通うようになっても、平日は夕食を美蔵家で頂いているから、放課後になれば顔を合わす。紗雪が飼っている犬の散歩にも、毎晩付き合わされていた。

しかし、それだけの長い時間を共有していても、俺は紗雪のことがよく分からなかった。紗雪は大抵いつも無表情で、時折喋《しゃべ》ってもその口調には抑揚がなく、事務的な無機質さを感じさせる。けれど完全に他人を拒絶しているというわけでもないようで、毎晩の俺との犬の散歩も楽しみにしているらしかった。

その日も紗雪が飼っているボーダーコリーの散歩に付き合わされていた。俺たちが住んでいるのは山間の地方都市で、見上げれば満天の星空が広がる。

飼い主の紗雪が星空を眺めながら呑気《のんき》に付いてくるその前を、リードを引きながら歩いていく。会話は特にない。それでもそんな何でもない時間が心地好いのは、幼馴染だからだろうか。

紗雪が飼っているボーダーコリーの名前は『ガジュラ』という。美蔵家にやってきた日に、観葉植物としてリビングに置いてあった、がじゅまるの木にじゃれついたことから、遥さんがそう命名した。犬の散歩コースというのは通常決まっているものだ。

そして、だからこそ縄張りも生まれてくるわけなのだが、紗雪は毎晩、気の向くままにガジュラの散歩コースを変える癖《くせ》があった。

その日も途中からリードを握った紗雪は、散歩コースを大胆に設定し、俺たちは校区の端まで足を延ばすことになった。どうして今日は、こんなにも遠出をしたのだろう。疑問に思ったが、聞いたとしても、「何となく」とか「別に」とか、答えになっていないような返答しか期待出来ないことは明白だ。しかし、ある曲がり角に差し掛かった時、不意に立ち止まった紗雪が俺を振り返って口を開いた。

「この先に、舞原星乃叶《まいばらほのか》の家がある」

「ああ、転校生？」

紗雪は無表情のまま頷《うなず》く。

一体何を思って紗雪がクラスメイトの名前を出したのかは分からなかったが、気付けば舞原星乃叶を思い浮かべていた。

凛《りん》と伸びた背筋に、同じ日本人とは思えないようなスマートで高い腰の位置、恐ろしく整った鼻梁《びりょう》、切れ長の目に漆黒の真っ直ぐな長い髪。お洒落《しゃれ》になんて、まだ関心を持っていない男子にも一目で分かる。彼女が身に付けている私服は、田舎町の子どもたちとは一線を画す、妙に小綺麗《こぎれい》で品のあるものだった。

　中途半端な時期の転校生だったからなんて理由だけではない。男子女子を問わず、周りが注目せずにはいられない雰囲気を星乃叶は持っていたし、事実、俺もまた彼女に見惚《みと》れていた男子の一人だった。

　星乃叶が新潟の小学校から転校してきたのは二週間前だったし、まだクラスには特に親しい友人もいないようだが、彼女にまつわる噂《うわさ》は色々と聞いている。舞原家とは新潟の物凄《ものすご》い金持ち一族らしいとか、逆に借金で首がまわらなくなり、私立小学校に通えなくなったから転校してきたのだとか、真偽も出所も怪しい情報が出回っていた。

「プリントを渡すように頼まれていたの」

　今日は水曜日だが、確かに今週は一度も学校で見ていない。

　直前まで黙っているあたりが、紗雪らしいと言えば実に紗雪らしいのだが、それならそうと、もっと早く言ってくれれば良いのに。

「じゃあ、さっさと届けようぜ。もう八時になるし」

　今日は初戦で大爆発したドイツ代表の二戦目だ。試合に思いを馳《は》せていたら、紗雪が肩に下げていたバッグからプリントを取り出し、差し出してきた。

「何？」

「舞原星乃叶と仲良くなるチャンスだから」

一瞬、言われた言葉の意味が分からなかった。紗雪は相変わらずの無表情。

俺が星乃叶を気にしていると気付いていたってことか？

「わけ分かんねえよ。お前が頼まれたんだから、お前が行けよ」

幼馴染に見透かされていたことに気恥ずかしさを感じていた。

紗雪は俺の顔を一瞥《いちべつ》して、それからプリントに目を落とす。

「良いの？」

「ああ。さ、行こうぜ」

紗雪の背中を押して、その角を曲がる。そして、そこに舞原星乃叶を見つけた。薄暗い街灯の明かりに照らされながら、彼女は怖いほど張りつめた形相で自宅を見つめている。その手にはライターが握り締められていた。

こんな時間にあいつは何をやってんだ？ 花火じゃないよな？

星乃叶の足元、彼女の靴より三十センチほど先の玄関口が水浸しになっていた。最後に雨が降ったのはいつだろう。少なくともパッと思い出せるほど最近の話ではない。少し離れた場所に赤いポリバケツが転がっている。

「おい、舞原」

呼びかけられ、ようやく俺たちに気付いたらしく、星乃叶の顔が引きつった。

「来ないで！」

彼女の悲鳴のような叫び声が響き、俺は歩みを止めた。

「こっちへ来ないで」

もう一度、彼女が呟《つぶや》いて、その声が震えていることに気付いた。

紗雪が星乃叶に向かって一歩を踏み出す。

「来ないでって言ってるでしょ！」

星乃叶は叫び、手の中のライターを点火する。

考えるより早く、駆け出していた。星乃叶は目を見開いてライターを地面に押しつけようとしたのだが、勢いよく振り下ろしたせいで火が消えてしまう。もう一度点火する暇を俺は与えなかった。半ば体当たり気味に星乃叶に飛びつくと、彼女の手からこぼれたライターを先に拾う。

「何すんのよ！」

振り向いた俺の頬《ほお》が全力で引《ひ》っ叩《ぱた》かれる。気を失うかと思うほどに強い力だったが、何とか持ちこたえ、星乃叶の両肩を摑《つか》んだ。

「放しなさいよ！」

物凄い形相で星乃叶は俺の腕を振り払おうとしたが、それを許さなかった。状況なんて何一つ理解出来ていなかったけど。

　星乃叶を放しては駄目だと、頭の中で誰かが警告を発していた。

　今、星乃叶を放しちゃ駄目だ。それだけは小学生の俺にも分かっていた。


　半狂乱になり、泣き叫びながら暴れる星乃叶を押さえ込み、近くの公園へと引っ張っていく。正直に話してくれるかどうかは甚だ疑問であったが、いずれにせよ事情を聴かないわけにはいかない。俺の腕の中で体面も臆面《おくめん》もかなぐり捨てて泣き続けた星乃叶は、やがて暴れ疲れたのか、目を閉じてぐったりと俺の肩に寄りかかった。

　紗雪はそんな一連のやりとりを、星乃叶に同情するでも、俺の味方をするでもなく、冷めた眼差しで見つめている。紗雪が助け舟を出してくれるなんて考えられないし、この後どうすりゃ良いんだろう……。

　考えがまとまるより早く、星乃叶が顔を上げ、物凄い形相で睨《にら》みつけてきた。

「責任取ってよね」

　紗雪は特に興味もないのか、すぐ傍《そば》で星空を眺めている。

「あいつを殺すか、あたしが殺されるか、どちらかだったの。あたしを止めたってことは、あたしに死ねって言ってるんだよ」

「もうちょっと分かるように話してくんないかな。お前が冗談で家に火をつけようとしていたわけじゃないんだろうなってことぐらい分かったよ。ちゃんと話してくれれば力になるから」

「そんなこと言って、本当は何にも出来ないくせに粋がってんじゃないわよ」

俺は星乃叶の力になりたいと思っていた。別にこれをきっかけに気に入られたいとか、そういう下心があったからじゃない。ただ、誰がどう見ても今の星乃叶は可哀想な女の子だったし、俺は男だから助けるのが当然の義務であるように感じただけだ。けれど力になりたいという俺の話を星乃叶は鼻で笑うばかりで、事情とか身の上話とか、そういったものは一切話そうとしなかった。

俺たちの会話が三周ぐらい堂々巡りした後、不意に紗雪が星乃叶の肩を叩いた。

「自宅に火をつけようと思うなんて普通じゃない」

「何よ、文句あるわけ？」

「そうじゃない。そんな風に追い込まれるぐらい辛《つら》いなら、うちに来れば良いと思っただけ」

「はあ？」という俺と星乃叶の疑問符が重なった。

「あの家に帰れないんでしょ。それなら、うちに泊まれば良い」

紗雪は憐《あわ》れむでも同情するでもなく、淡々とそう告げた。

何を言い出すのかと思えば、紗雪の口から出たとは思えないような発言だ。紗雪の家でお泊まり会？　大した考えなんてないんだろうけど、冗談にもほどがある。

届けられた言葉がにわかには信じられないのだろう。星乃叶は何度も訝《いぶか》しげな眼差しを向けたが、紗雪の表情に変化は現れなかった。

提示された選択肢にしばし逡巡《しゅんじゅん》した後、星乃叶はまだ迷いの残った顔で口を開く。

「本気で言ってるわけ？」

紗雪は頷く。それ以上説明するつもりはないようだ。

「本当に泊まって良いの？」

「構わない」

「ずっといても良い？」

「多分」

「お金とか無いよ？」

「別に良い」

畳みかけるように矢継ぎ早な質問を浴びせかける星乃叶を手で牽制《けんせい》する。

「おい、紗雪。勝手に良いのかよ」

「お母さんはこういうことに反対しない。そして、お母さんが了承したら、お父さんに翻意させることは出来ない」

そりゃ、まあ、お前の家はそうだろうけど。

「ありがとう！」

目にいっぱいの涙を溜《た》めて、星乃叶は紗雪の両手を握りしめた。その力があまりにも強かったからだろう。紗雪は顔を歪《ゆが》めたが、星乃叶はそんなことにも気付かなくて。

「荷物、取ってくるから、待っててね。絶対だからね」

泣き出しそうな笑顔で念を押すと、星乃叶は駆け出していった。

この夜から、俺たち三人の物語は始まった。

星乃叶が俺の優しさに恋をした時、まだ俺たちは小学六年生だった。

これは、子どもだった俺たちが、それでも子どもなりに踏みにじられてはならない何かを守ろうとした星の物語だ。

2

突然、娘が連れてきたクラスメイトに驚きながらも、遥《はるか》さんは星乃叶《ほのか》をリビングに通した。居候させてあげて欲しいと紗雪《さゆき》が頼んだわけなのだが、事情が分からない小学生の家出娘を、はい、そうですかと泊められるはずもない。

友樹《ともき》さんと俺の父親が交互に質問をするのだが、星乃叶は頑として事情を話したがらず、公園でのやりとり同様、会話は堂々巡りをしたのだが、そうこうしているうちに、聡《さと》い遥さんがある事実に気付いた。

遥さんは不意に星乃叶の左の二の腕を掴み、次の瞬間、うめくような苦痛の吐息が彼女から漏れる。その顔に苦悶《くもん》の表情が浮かんでいた。

「お風呂場に来てもらえる？」

遥さんの言葉に、星乃叶は強く首を横に振った。その口は頑ななまでに強く結ばれている。遥さんは優しく星乃叶の頭に手を置いた。

「大丈夫。私があなたの味方になってあげるわ。だから、私には話してごらん」

星乃叶は睨みつけるように遥さんを見上げる。遥さんは微笑を崩さない。それはまるで何もかもを包み込むような、そういう慈愛に満ちた包容力のある眼差しで。

「さ、行こう」

もう一度その言葉がかけられると、星乃叶は観念したように頷いた。

俺には事情がまったく分からなかったのだが、二人は洗面所へと消えて。

「……DVかもな」

友樹さんが呟き、同意でもするかのように俺の父親が長いため息を漏らした。

「DVって何？」

俺の質問には首を横に振っただけで、大人たちは答えてくれなかったのだけれど、それから数ヶ月ほど経った後、俺は他ならぬ星乃叶自身から、彼女の事情を聞くことになった。


その夜、星乃叶の家にいたのは、彼女の母親だけだったらしい。

星乃叶は家に火を放ち、酒に酔い潰《つぶ》れて眠っている母親を殺害しようとしていたのだが、上面だけを要約すると星乃叶の人格を疑われてしまいそうなので、擁護する意味合いも込めて彼女の家庭の事情を少しだけ説明したいと思う。

星乃叶の一族、舞原《まいばら》家は戦前、東日本の経済界に多大なる影響力を発揮した旧家だった。財閥解体により大きく力を削がれたものの、現在でも北信越地方では名家として名高い一族らしい。だが山梨生まれ山梨育ちの小学生がそんな事情を知っているはずもない。周りの女子よりお洒落で、小綺麗な洋服を着ているとは思っていたが、お金持ちのお嬢様、そんな程度の認識だった。

星乃叶の実母は、彼女が幼稚園の頃に病死したのだという。

それ以来、星乃叶はずっと父親と二人きりで暮らしてきたわけで、そんな家庭事情は一過性のものではないシンパシーを感じさせてくれたわけだが、それはともかく、一年前に彼女の父は再婚を果たした。そして義理の母親として美津子《みつこ》が舞原家に来たその日より、星乃叶の悪夢の日々は始まってしまった。

星乃叶の父親、舞原慧斗《まいばらけいと》は褒め言葉ではない方の意味で、「良い人」を絵に描いたような男で、他人の悪意を見抜くことが極端に苦手な人だった。

会社の同僚に無理やり連れていかれた店のホステスが美津子で、当時多重債務に苦しんでいた彼女は、軽い気持ちで慧斗に近付いたらしい。他人が困っているのを見ると放っておけない性格の慧斗と、目の前に転がり込んできた救いの主に目を奪われた美津子はあっという間に恋に落ち、より正確に記述するならば、慧斗が一方的に手玉に取られたという見方もあるわけなのだが、とにかく出会ってすぐに二人は付き合い始めた。

美津子が抱えていた借金は、一介のホステスが返済していくには気の遠くなるほどの額だったが、慧斗は表情一つ変えずに一括で返済を済ませ、長年にわたり美津子を苦しめた借金生活から一瞬で彼女を解放する。

生来、美津子は気性の激しい女だった。荒々しいのは性格だけではなく、簡単に手が出る女だったし、事実これまでに傷害で警察に捕まったことも一度ならずあった。だが慧斗が結婚相手としてランクSの超優良物件であったことから、その恋においてのみ美津子は本性を隠し続けた。気が短い美津子がその初志を貫徹出来たということは、打算計算を省いても慧斗に惚《ほ》れていたことの裏返しでもあるのだが、そんな幾つかの要素も相まって、二人は一年後にすんなりと結ばれる。

星乃叶は父が大好きだった。

母が死んで以来、寂しい思いをすることも多かったが、それでもいつでも優しい父に全幅の信頼を寄せていた。だから慧斗が結婚したいと美津子を連れて来た時も、反対することをしなかった。父が自分以外の誰かを大切にするのは嫌だったが、子どもじみたことを言って困らせたくなかった。いつも自分のことを見守ってくれた父の幸せを願いたかった。ただ、それだけだったのに……。

父の再婚後、新しい家族の中で平穏に時が流れたのは最初の一週間だけだった。その日、慧斗は出張で帰宅せず、家には星乃叶と美津子の二人きりだった。星乃叶が食べ終わった夕食の食器を洗っていた時、何かが床に叩きつけられるような音が聞こえ、振り返ると、美津子がリビングの中央で天井を見上げていた。

「やっぱ、駄目だわ。無理」

呟いた美津子の顔は引きつっており、星乃叶を見つめるその瞳《ひとみ》に確かな憎しみの色が灯る。その足元で砕け散っていたのは、星乃叶が実の母より譲り受け、食卓の上で大切に育てていた観葉植物の鉢だった。無残に床に横たわるポトスの茎を、美津子はスリッパで踏みつける。

「私さ、まだ二十七なのよね。何で、自分の子どもでもない、あんたみたいなでかいガキの面倒を見なくちゃならないわけ？」

目の前で起こっている事象、自らに問いかけられたその言葉の意味が理解出来なかった。つい十分前まで、自分が作った料理を美味しそうに食べていたのは、目の前の継母ではなかっただろうか？

「我慢するのやめるわ。もう結婚しちゃったしね」

美津子は星乃叶の元まで歩み寄ると、その顎《あご》に手をかけて軽く持ち上げた。

「男なんてものは一人の女を幸せにするだけで手一杯なの。あんた小学五年生だったわよね？　もう十分育ててもらったでしょ？　私、あんたに遠慮するのやめるから。慧斗さんと結婚しただけで、あんたの母親になったわけじゃないしね。これからはそのつもりでいてくれる？」

それだけ告げて、美津子は実にスッキリとした表情で自室へ戻っていった。

砕け散った鉢と茎を千切られたポトスが横たわるリビングで、熱帯魚たちだけがいつもと同じ顔で泳いでいる。

今、見聞きしたすべてを冗談に変えてしまって、終わってしまう前の世界に戻れたら良いのに。安易に考える星乃叶は、それから始まる悪夢のような日々を知らない。気付いた時には手遅れであることもまた、知る由もなかった。

帰宅した慧斗の前でだけはそれまでと変わらない姿を見せる美津子だったが、豹変《ひょうへん》した彼女の態度は日に日に凶暴性を増していった。

星乃叶を無視して過ごしていたのはたったの三日間だけで、それ以降、星乃叶は美津子にとって明確な敵意の対象となっていく。殴る蹴《け》るは当たり前、美津子は星乃叶を家から追い出すために、手段を選ばない攻撃を開始した。

名家舞原の一族だ。星乃叶の引き取り先は腐るほどあるだろう。まして自分たちは新婚なのだ。もう十分に大人になった娘など父親にとっても邪魔に違いない。生来、自然の情愛が欠如している美津子は安易にそう考えていたのだが、それとなくその旨を慧斗に聞いてみたところ、娘を溺愛《できあい》する善なる父親にそんな意思は皆無だということが分かった。

次に美津子が考えたプランは、星乃叶を全寮制の私立小学校へと編入させることだった。慧斗が自分から娘と距離をおくことは考えられなかったから、星乃叶自身にその意思を口にさせる必要がある。だが、父を愛する星乃叶はどれだけ迫られても首を縦には振らなかった。頑なな抵抗が、美津子の怒りを助長するだけだということに気付けるだけの余裕もなかった。ただ自らの居場所を守ること、星乃叶に出来る抵抗はそれだけしかなかったのだ。

父に現状を告げ、助けを求めるという選択肢は、初期の段階で潰されていた。毎晩遅くまで働き、疲れきって帰ってくる父と、星乃叶が顔を合わせることを美津子は牽制しており、たまにある休日でもなければ喋ることすら出来ない。加えて十分な予防線を美津子は張っていた。万が一この生活が脅かされるようなことがあれば、その前に慧斗を殺す。美津子は星乃叶にそう信じ込ませていたのだった。

父を危険な目にあわせるわけにはいかない。豹変した美津子の狂気を知っている小学生の星乃叶にとって、その脅しは十分過ぎる効力を持っていた。父と別れてこの家を出ていくか、いずれ自分が殺される日を待つか。

闇《やみ》に閉ざされた人生には、安易な救いも希望もなく、助けを求める相手も、この窮境を脱するための一手も、星乃叶は持ち合わせていない。日々を耐え続けていけば状況はいつか好転するのではないかと、そう無垢《むく》に信じる星乃叶は、悲しいまでに子どもでしかなかった。

ギリギリで理性が働くのか、美津子の攻撃は衣服で隠れる部分だけに留められていたし、家庭内での度を超えた嫌がらせも、父に気付かれないために、ある一線を越えることはなかった。しかし、小学六年生になって、そんな日々を一瞬で変えてしまう出来事が発生する。慧斗が事業に失敗し、舞原一族から絶縁されてしまったのだ。

再婚と時を前後して、父の残業時間が異常に増えたように感じていた星乃叶だったが、その背景には父の会社経営にまつわる苦境があった。

舞原慧斗は決して有能な社会人ではない。舞原という巨大な庇護《ひご》がなくなれば、ただの頼りない善人でしかなかった。良い人だったから騙《だま》されたのか、それとも愚かだったから手の平で転がされたのか、いずれにせよ事業の失敗の根本原因は慧斗自身にあった。会社が倒産し、慧斗は莫大《ばくだい》な借金を背負う。舞原一門から絶縁され、頼る手立ては彼への恩義を感じている旧取引先の一部の人間たちだけだった。

十部屋以上あった新潟の豪邸を売り払い、慧斗たち三人が移り住んだのは、旧交ある友人が住む山梨県だった。2DKのアパートの部屋を借り、必要最低限の調度品を残して、金になる家具はすべて売ることになってしまった。

慧斗は借金を返済するために仕事を掛け持ちすることになり、再婚以来、ただでさえ短かった家にいる時間は、さらに輪をかけて減っていった。帰宅するのは就寝のためだけになった。

星乃叶が時季外れな五月に転校してきた背景には、こうした事情があった。

ホステスからセレブ、そして貧困生活へ。ジェットコースターのような生活の変化は、美津子のストレスを激増させ、その矛先は手近な標的である星乃叶へと向く。

ひたすら優しい慧斗に美津子が惹《ひ》かれたのは事実だ。だが、一瞬で落ちぶれた慧斗への愛情が、以前とは比べるまでもなく劣化したというのもまた、紛れもない事実だった。

美津子は二十八歳になったばかりである。やり直すには十分過ぎるほどに若い。借金返済のために自らも仕事を再開せざるを得なくなると、すぐに離婚を視野に入れるようになった。となればもう遠慮する理由はない。可愛げのない義理の娘を存分に痛めつけてやればいい。

星乃叶は美津子にとって、ストレス発散のためのおもちゃでしかなかった。そうして始まった第二の悪夢の日々は、星乃叶の心と身体を残虐なまでに破壊していく。人間としての尊厳を踏みにじられ続けた結果、星乃叶の心のバネは歪み、あらぬ方向へと飛び出してしまったのだろう。

あの日、俺が止めなければ星乃叶は間違いなく家に火をつけていただろうし、もしそうであったなら、俺たちの物語は語ることなく終わってしまったはずだ。

だが、偶然にせよ、必然にせよ、もしくはロマンティックに運命だったと断言するにせよ、星乃叶の放火を止めたことで俺たちの物語は始まった。

あの瞬間、間違いなく俺たちの人生は交錯したのだ。

3

美蔵《みくら》家にやってきた星乃叶《ほのか》に、遥《はるか》さんは一つだけ条件を出した。それは身体中に付けられた傷を病院で診てもらい、きちんと検査を受けること。

翌朝、星乃叶は遥さんに病院へと連れて行かれ、その後の通院で、少なくとも身体的には回復する。

星乃叶は美津子《みつこ》からの復讐《ふくしゅう》を恐れて、虐待の事実を公表されることを拒み、そのため慧斗《けいと》さんには、遥さんが上手く事情を作り上げて説明したらしい。

『そちらの奥さんが夜間に働きに出るため、小学生である娘さんは、しばらくうちで面倒をみます』

手元にいない娘から、いつ虐待の事実が夫に露見するか分からない。そういう不安を抱いたのだろう。事情を聞いた美津子は、すぐさま美蔵家に乗り込んできたのだが、結局、遥さんとの話し合いを経て、引き下がることになったらしい。口裏合わせの協定が遥さんと美津子との間で結ばれ、星乃叶は追い詰められた最後の最後で居場所を確保することになった。

精神的にも痛めつけられるだけ痛めつけられていた星乃叶にとって、美蔵家は望外の逃げ場所だったのだと思う。

遥さんを中心とした、メリハリのある正しい家庭は、ともすれば人生に見切りをつけてしまいがちになる星乃叶にとって、最善の居住地だった。

美蔵家への居候が決まり、星乃叶は学校への登校を再開する。

登下校は紗雪《さゆき》と一緒で、皆は星乃叶に友達が出来たことより、むしろ紗雪に友人を作る意思があったことに驚いていた。俺は二人と登下校は別々だったが、それでも休憩時間に二人が喋っている様子や、昼休みに図書室へ向かう光景を見る度に、世の中の深遠《しんえん》さを目の当たりにさせられる。

あの美蔵紗雪に友達が出来た。しかも相手は目立つ舞原星乃叶《まいばらほのか》だ。もしも学年人見知りランキングがあったとしたら、余裕でワンツーフィニッシュを決めるだろう二人が謎《なぞ》の交友関係を結び、学校でいつも一緒にいるようになった。この話題は学年内にちょっとしたセンセーショナルを巻き起こし、そんな二人に興味津々なクラスメイトたちから、俺は度々、質問を受けるようになる。皆、紗雪は俺以外の人間とは自発的な会話をしないと思っていたからだった。

そんな風にして注目を浴びるようになった二人だが、俺に一番しつこく事情を尋ねてきたのは、五年になる際のクラス編成で一緒になり、それ以降クラスの中心に立ち続ける男子、嶌本琉生《しまもとるい》だった。

帰国子女である琉生は野球部のホープで、昨年の後期にクラス委員長を務めていた。背が高く、父親は地元国立大学の教授で、勉強も抜群に出来る。確か小学三年生の夏に、隣のクラスに転校してきたのだと記憶している。

欧州帰りだからなのか、それとも血統に起因するものなのか、琉生は自由でありながらも、自らの品格を落とさずに振る舞う術を心得ている小学生だった。

小学生の浅はかさも手伝い、女子から人気がある男子は集中する。そういう意味でも琉生は学年のエース格だったわけだが、星乃叶はそんな琉生の初恋の相手となった。

舞原星乃叶はどうして美蔵と仲が良いんだ？　お前も仲が良いのか？　家族構成は？　趣味は？　前の学校に彼氏とかいたのか？

次から次へと浴びせられる質問にうんざりして、そんなことは本人に聞けよと俺は突き放したわけだが、どうにもそれは難しいらしかった。美人というのはそれだけで取っ付きにくい。しかも星乃叶はバリアみたいな張りつめた表情を常に湛《たた》えている。

教室で紗雪以外の人間と打ち解ける気が無い星乃叶の牙城《がじょう》は、琉生をもってしても難攻不落に見えていたらしい。

さて、では肝心の俺と星乃叶はどんな関係だったのかといえば、実は琉生が想像していた通りでもあった。

平日、俺は部活が終わって帰宅すると、シャワーだけ浴びてから美蔵家へ向かう。友樹《ともき》さんが仕事を終えて帰って来る時刻はまちまちで、夕食時にはいる時といない時がある。うちの父親は出社が十時過ぎなので、朝食は共に食べられるのだが、当然、引き換えに帰宅は押し並べて遅い。平均すると九時前後といったところだ。俺を迎えに来たついでに夕食を取っていくから、平日は俺も十時頃までいることになる。

最初の方こそ荒んだ精神で警戒心バリバリに俺を見ていた星乃叶だが、まず美蔵家の三人に心を許し、それ以降、半分美蔵家の一員のような俺にも関心を示し始める。

片親一人っ子だった俺はゲームが大好きで、大抵、夕食後には自宅から持ってきたゲーム機を美蔵家のリビングのテレビに接続して遊んでいる。紗雪は俺がいる間は自室に戻らないくせに、いつだって読書をしているかヘッドフォンで音楽を聴いているかのどちらかで、一緒に遊んではくれない。時々、早くに帰宅した友樹さんが相手をしてくれることもあるが、基本的にはいつも一人で遊んでいた。それが美蔵家で過ごす当たり前の夜だった。

これまでテレビゲームに触れる機会がなかったらしい星乃叶は興味津々で。

「それ、面白いの？」

恐る恐る俺に尋ねたところを大人たちに目撃され、そのまま遥さんに勧められてコントローラーを握るようになった。星乃叶は極度の機械音痴で、コントローラーの使い方を説明するところから一苦労だったのだが。

「十五個もボタンがある意味があるの？」

なんていうような、言われてみれば至極真っ当な疑問から始まり、

「あたし、あんたの赤いコントローラーの方が上手く出来そうな気がする」

とか、そういう友達が交わす何気ないやり取りみたいなものを通して、俺と星乃叶は打ち解けていった。

俺は一人っ子・オブ・ザ・一人っ子だから、有名どころのゲームは一通り嗜《たしな》んできている。対戦ゲームをしたって、手加減でもしない限り、ほぼ俺が勝利を収めるわけだが、不器用なくせに星乃叶は負けず嫌いで。

「あんた今、ズルしたでしょ！」

なんて難癖をつけてきたり、

「女の子相手に本気を出すとか信じらんない。男なんだから、もう一試合やりなさいよね」

とか、都合の良い時だけ性別を持ち出したりしながら、もう一戦、あと一戦と食らいついてくることが多かった。

そんなわけで、星乃叶は居候を始めて一ヶ月後には俺のことを好きになるのだが、俺たちが打ち解けていく過程はロマンティックとは程遠かった。

星乃叶が俺を好きになったのは、どうしてだったんだろう。

感情とは理屈で説明出来る類のものではないし、本人に聞いたこともないから、はっきりとは分からない。だけど、きっと俺だけが星乃叶にとって特別ではなかったからなのではないだろうか。星乃叶の傷や涙を知っているとか、そういった要素もあるにはあっただろう。でも、どうしても俺でなければならなかった理由は、星乃叶にとって家族みたいなものだったからなのだろうと思う。

星乃叶は俺に気兼ねする必要がなかった。あいつはゲームで負けると、よく不意をついて背中から蹴ってきたし、宿題を写させろとか、そのプリンアラモードを半分寄越せとか、言いたい放題、やりたい放題だったけど、そういうことが出来る相手は、星乃叶にとって俺しかいなかった。そして、たとえその言動が多少ぶっきらぼうであったとしても、そこに遠慮がないのであれば、それは甘えている証拠なのだ。

俺と紗雪にならわがままを許してもらえる。最初に一番動揺している自分を見られているから繕いようがない。星乃叶は俺たちの前ではありのままの自分でいるしかない。そして、俺たちはそんなありのままの星乃叶を受け入れた。

まるで家族のように。友達というよりは兄弟のように。

4

それは夏休み直前、終業式の日のことだった。放課後、俺は琉生《るい》に頼まれて、星乃《ほの》叶《か》をプール脇へと連れ出した。

俺に呼び出され、いたく上機嫌だった星乃叶だが、その目的が琉生との待ち合わせ場所に連れていくことだったと知り、急に無口になる。

俺はといえば、友達と星乃叶のキューピッド的な役回りをさせられていることが腹立たしかったし、そもそも星乃叶に彼氏が出来ることも面白くなかったしで、無性にイライラしていた。そんなわけで、プール脇の木の下で待っていた琉生の元を訪れた俺たち二人は、やけに不機嫌だった。

星乃叶を琉生に引き合わせ、ランドセルを取りに教室へ戻ると、一人で紗雪《さゆき》が待っていた。俺を見つけて怪訝《けげん》そうに目を細めたような気がしたのだが、次の瞬間にはいつもの無表情な紗雪に戻る。

「星乃叶を待ってるんなら、今日は先に帰った方が良いぜ」

「どうして？」

紗雪が理由まで尋ねてくるのは珍しい。

「琉生があいつを呼び出したんだよ」

こいつには、はっきり言わなきゃ分からないだろう。

「告白して、そのまま遊びに行くって言ってたから、帰って来ないぜ」

紗雪は椅子《いす》に座り直すと、ランドセルから読みかけの本を取り出す。表紙を見ると、ツルゲーネフの『はつ恋』だった。紗雪に恋愛感情が理解出来るんだろうか。

「お前、俺の話聞いてた？　帰らないの？」

「告白されてるんでしょ？　じゃあ、帰って来るもの」

「相手は琉生だぞ？」

「誰でも関係ない」

紗雪は無表情のまま文庫を開く。新潮社《しんちょうしゃ》の文庫はカバーがすぐに傷むけど、しおり紐《ひも》がついているから好きと、昔、紗雪がそんなことを言っていたのを思い出した。いや、今は全然関係のない話なのだが。

つーか、どうすんだ？　俺が置いていったら、こいつは誰かが見回りにでも来ない限り、延々とここにいるぞ？

「その本、面白い？」

「別に」

ああ、そうですか。まあ、こいつが感動しているところは想像出来ない。

紗雪は俺たちが美蔵家のリビングでゲームをしている時も、その後ろで静かに本を読んでいる。うるさいだろうし自室に戻れば良いのに、紗雪は俺たちと一緒にいる。意味不明な奴だった。

さて、どうするかな。あいつらは今頃、校門を出た頃だろうか。窓に近寄った時、教室のドアが勢いよく開き、入ってきたのは星乃叶だった。

「あれ、忘れ物か？」

星乃叶は俺を睨みつけると、真っ直ぐこちらへ向かって来て俺の胸倉を摑んだ。冗談ではすまされない勢いで絞め上げられ、思わずむせる。

「おい、何だよ！」

「あいつ誰？」

「はあ？」

「さっきの男よ」

「誰って琉生だろ？」

「クラスメイト？」

「冗談やめろよ。お前、もうこのクラスに二ヶ月以上いるだろ？」

「あたしが目悪いの知ってるでしょ？　大体あんな奴、名前も知らないわよ」

「じゃあ、断ったのか？」

「当たり前でしょ。つーか、あんな奴のことはどうでも良いのよ」

それは幾らなんでも琉生が可哀想だろ。トラウマだぜ。告ったクラスメイトが自分を知らなかったとか。

だが、星乃叶は非難されるべきは俺だと信じて疑っていないようで、きつい目で睨みながら言葉を続けた。

「ああいうことをされると傷つくんだけど」

「日本語、変じゃねえか？」

「あんたの男気ほどじゃないわよ」

「意味が分かんねえよ」

「だから、ああいう断り方をされると、あたしでも傷つくって言ってるの。男のくせに、何でああいうことするわけ」


　こいつの頭はおかしくなったのか？　断ったのはお前じゃないか。

　俺を睨みつける星乃叶の瞳に、涙がいっぱいに浮かんでいた。

「初恋だったんだよ」

「そうだったらしいな。あいつには悪いことしたよな」

「あいつって誰よ！」

　キレ気味に星乃叶は利き足で俺の左の太ももを外側から蹴ってきた。

「楽しかったのはあたしだけってこと？」

　いや、待てよ。さすがにさっきから会話が噛《か》み合ってなくないか？

「星乃叶。一応、確認しておくけど、今は琉生の話をしてんだよな？」

　恐る恐る尋ねると、今度はローキックが脛《すね》に入った。

「いってぇ！」

「どうして、そうやって逃げるの？　そんなにあたしが迷惑だった？　だったら直接、あたしに言えば良いじゃない！　男でしょ！」

「別にお前のことを迷惑だなんて思ってねえよ！　今、この瞬間以外はな！」

星乃叶の両目から涙が一気に零《こぼ》れ落ちる。

「こんな振られ方ってないよ。柚希《ゆずき》のこと好きだったのに」

はい？

「初恋だったんだよ」

えーと、え？

「あたしの気持ち知ってたくせに！　どうしてあんな遠回りな断り方するの！　あんたなんて嫌いよ！」

次の瞬間、俺は左の頬を全力で引っ叩かれ、星乃叶は教室から走り去っていった。

ジンジンと痛む頬を押さえながら、呆然《ぼうぜん》と立ち尽くす。

自分の座席から俺たちを窺《うかが》っていた紗雪が、静かに立ち上がった。

「柚希、ごめんね」

そう小さく呟くと、紗雪もまた教室を出て行ってしまう。

もう、何が何だか分からなかった。

5

川面を反射する光が眩《まぶ》しい。

河川敷沿いの土手、帰り道を琉生《るい》と二人で歩いていた。

「落ち着け、落ち着け、落ち着け。まだ試合は始まったばかりだ。攻撃は九回ある。勝負は分からない。状況を冷静に、しかし克明に、しかも思慮深く整理しろ。ＯＫ、ＯＫ、まだ一回の裏だ。落ち着いて攻めていこう」

「うるせー、野球馬鹿」

琉生を蹴り飛ばす。落ち着いて考えたいのはこっちの方なんだ。

草むらに突っ込んだ琉生は、顔についた泥を落としながら起き上がる。

「悪い、悪い。どうやら俺は冷静じゃないようだ」

「いいから黙れ」

「ＯＫ、ＯＫ。状況を落ち着いて整理しよう」

琉生を睨みつける。こいつのこういう小うるさいところが嫌いなんだ。

「舞原《まいばら》は俺のことを、まだ認識していなかった。そして、あろうことか柚希《ゆずき》に惚れていた。ここまでは理解出来た」

琉生は俺を指差す。

「で、舞原は自分の気持ちをお前が知っていると思っていた。だが当のお前はそんなこととは露知らず、俺の告白の片棒を担ぎ、間接的に舞原を振ることになってしまった。そして、その仕打ちに逆上した舞原に、きつい一発をお見舞いされた。そういうことだよな?」

「分かりやすい解説をありがとうよ」

琉生をもう一度、蹴り飛ばす。琉生はそのまま綺麗に土手を転げ落ちていった。目の前で起きた事件に、散歩中の犬が興奮したように吠える。

「そんなこと知るか。告白された記憶なんてどこにもねえよ!」

告白もしてないくせに、自分の気持ちには気付いているはずだ? 無理に決まってんだろ。こちとら、そんなに機微に長けた生き物じゃねえんだよ。

土手の下、背の高い雑草の中に座り込みながら、琉生が尋ねてくる。

「でも、どっちにせよ、舞原がお前のことを好きだったたって事実には変わりないわけだろ? それに今日だって、結局、夕食は顔を合わせるんじゃないのか?」

琉生には俺たちの関係をおおまかに話している。最初ははぐらかしていたのだが、あまりにもしつこいので観念したのだ。

「明日から夏休みだから、昼飯もだよ」

　どうすんだ？　気まずくて顔なんて合わせらんないだろ。

「まあ、俺はいつまでも待ってるとは限らないけど、しばらくは待ってるから、気が変わったらいつでも来てくれと言っておいてくれ」

「中途半端だな、お前の気持ちは」

「だって舞原は、お前のことが好きだったんだろ？」

「勝手に過去形にすんな」

「でも大っ嫌いって言われたんじゃんか」

　そうなんだよな。まったく、どうすりゃ良いっていうんだ。

　頭を抱えながら帰途につく。


　予想通り、その晩の夕食の宴は凍りついていた。こんな夜に限って、町内会の寄り合いで遥《はるか》さんは出掛けており、友樹《ともき》さんもうちの父親も不在で、俺たち三人は無言のまま食卓に向かっていた。

　ひたすらに重い空気が流れる中、最初に食べ終わった紗《さ》雪《ゆき》は、何事もなかったかのように一人で皿を洗うと二階の自室へと去っていく。

くそ、いつもは一緒にいるくせに、こんな時だけ単独行動を取りやがって。

残されたのは箸《はし》が進まない俺と星乃叶《ほのか》。

やっぱり一応、謝っておいた方が良いんだろうな……。

「あのさ」

重い口を開くと、星乃叶が俺を睨んできた。

めちゃめちゃ怨念《おんねん》こもってるぞ、この目は。

「悪かったな。ごめん」

「何が？」

「いや、だから昼間のこと。あの、無神経だった的な？」

「的なって何よ？　馬鹿にしてんの？　喧嘩《けんか》なら売ってなくても買うわよ」

捲《まく》し立てるように言って、星乃叶は箸をテーブルに叩きつけた。

怖《こ》えー……。つーか、何で俺、こんな修羅場に追い込まれているんだろう。

「もう良いわよ。これ以上、その話題に触れないで」

「……分かった」

俺だってこれ以上、関係を悪化させたくはない。

彼女が出来るチャンスを、しかも星乃叶みたいに綺麗な子とオフィシャルな関係になれるチャンスを逃したことは残念だけど、でも、琉生も言ってた通り、俺たちの人生なんて始まったばかりだ。

星乃叶が俺のことを好きなのであれば、というか、本当に俺に星乃叶に好かれるだけの魅力があるのであれば、いつか別の形で仲良くなれるかもしれないわけで。いや、あるのかなぁ。正直、全然自信がない。

「あんた、ほかに好きな子いるの？」

って、お前が蒸し返すのかよ。

「別にいねえよ」

「ふーん。じゃあ、単純にあたしじゃ役不足ってことね」

「それ、日本語の意味が逆」

「紗雪、あんた、いつの間に」

気が付くと冷蔵庫の傍に紗雪が立っていた。ヘッドフォンを首からかけて、その手には、お気に入りのヤクルトが握られている。

いつ戻って来たのか、まったく分からなかった。忍者みたいに存在感のない奴だ。

でも今なら、紗雪がいれば、素直に言えるような気がした。

「付き合うとかって言われても、あんまりピンとこないけど」

喋り出した俺を二人が見つめていた。

「俺だって星乃叶と仲良くしたいって思ってるよ。好きとか、恋とか、そういうのはまだよく分かんねえけど」

「じゃあ、別にあたしのことを迷惑なわけじゃないってこと？」

「そりゃ、そうだろ」

ずっと張りつめていた星乃叶の表情から、ようやく少しだけ緊張感が消えた。そして、それから……。

「じゃあ、付き合ってよ」

ポツリと、まるで挨拶《あいさつ》みたいに気軽な口調で星乃叶が言った。

しばしの間、考えて。というか、熟考でもしているかのような振りをして。

「別に良いよ」

そう答えた。

「良いの？」

驚いたように声を挟んだのは紗雪だった。目を丸くして俺を見つめている。

「星乃叶がそうしたいなら、俺は別に嫌じゃないし」

「やった！」

星乃叶は立ち上がり、紗雪に抱きつく。

「ありがとー、紗雪！」

「苦しい」

バンバン紗雪の背中を叩いてから星乃叶は離れる。それから俺を指差した。

「別れるとか、嫌いになったとか、そういうの一切禁止ね」

後ろで紗雪が苦しそうに胸を押さえている。

「そんなの分かんねえよ」

「駄目。あたしより先に死ぬのも禁止。約束破ったら死刑」

また矛盾したことを……。

「おめでとう」

冷蔵庫から取り出したヤクルトを、紗雪が俺に差し出していた。

「お祝い」

「ああ、どうも」

俺にそれを手渡すと、紗雪はリビングから再び去っていった。

「あたしのこと、姫って呼んでいいよ」

「呼ばねえけどな」

俺の返答に星乃叶は口を尖《とが》らせて、それから俺たち二人は声をあげて笑った。

そんな俺たちのやり取りは、思い出すのも恥ずかしいような子どもの恋愛だった。

だけど、それでも子どもなりに真剣だったのは間違いない。

今、思えば。

あの頃、俺たちはまだ子どもだった。時間というのは経過していくもので、それによって俺たちの関係性もまた変化していくことは避けられないのだということを、心のどこかでは知りながら、でも認めたくなくて、理解出来なくて、必死に抗っていたのかもしれない。

十二歳の夏に付き合うことになった俺と星乃叶の物語は、まだ始まったばかりだ。

第二話

流星群と未来の行方

1

もしかしたら鉄腕アトムが誕生していたかもしれない二〇〇三年。

何度か喧嘩もあったけど、俺と星乃叶《ほのか》の交際は、概ね順調に続いていた。

俺たちは全員中学生になっていて、今でも星乃叶は美蔵《みくら》家に居候している。借金返済のために、相変わらず慧斗《けいと》さんは、毎日蟻《あり》のように働きまくっていたが、普通と呼べるだけの生活に戻るための目処も付いてきたらしかった。

週末、美蔵家に顔を出して、いつまでもすみませんと頭を下げる慧斗さんは、俺から見ても心配になるぐらいに痩《や》せていたのだが、一年前に比べると、その表情には幾分か生気が戻りつつあるような気がした。

中学校に入学して、一学年のクラス数は二倍になる。そして何の因果か、俺たち三人に加えて琉生《るい》までもが同じクラスになった。あいつは気付けば四人組みたいな顔をして、いつの間にか、俺たちの間に入り込んでいた。

琉生は野球を坊主が嫌だからという理由であっさりとやめ、サッカー部に入部してきた。あいつは運動神経も抜群だったが、三年間のアドバンテージは伊達じゃない。

手以外がメインとなる競技の性質上、サッカーにおいて繊細なボールコントロールは肝だ。いくらあいつの飲み込みが早くても、始めたばかりの初心者に負けるはずがなく、俺はしばしの優越感に浸っていた。

俺たちが通った中学は、部活に強制的に入部しなければならず、紗雪《さゆき》と星乃叶は図書部に所属し、幽霊部員の名をほしいままにしているようだった。

小学生の頃のデートといえば、休日のガジュラの散歩で遠出をしたり、俺の試合の応援に二人がやってきたり、そんな風な遊びの延長みたいなものばかりだった。

星乃叶に既に振られているくせに、しかも星乃叶には俺という彼氏がいるというのに、琉生は諦《あきら》めていないのか、俺たち三人の中に割り込む努力を続けており、休日、部活が休みになると、よく美蔵家に遊びに来たりもしていた。

琉生は意外にも読書家で、話が盛り上がっているようにはとても見えないのだが、時々、紗雪と本の貸し借りをしていた。そんなこともあり、もしかして琉生は星乃叶ではなく紗雪を好きになったのではないだろうかと疑っていた時期もあったのだが、それは星乃叶が否定した。あたし、今でも一ヶ月に一回、あいつに告白されているからとのことだった。

俺という彼氏を知りながら、しかもニヤニヤしながら俺たち三人の中に割り込んでおきながら、未だに星乃叶を諦めていないとは往生際の悪い奴だ。

それでも、まあ、星乃叶も悪い気はしていないみたいだし、やがて毎月、第三月曜日になると星乃叶に告白してくるという琉生の告白周期を発見した俺たちは、勝手にその日を『ブラックマンデー』なんて呼びながら、笑い合っていた。

小学生の頃、琉生はクラスの快活なリーダーという印象だった。だが、思春期的な時期がくるのが男子にしては早く、中学生になり早々に落ち着いた琉生は、見違えるほど大人っぽくなっていた。

いつの間にか皮肉屋に変貌《へんぼう》を遂げていて、クラスの輪の中心になることも次第になくなっていく。ある時、星乃叶に「琉生、変わったよね」と言われ、「ああいうのは疲れたんだよ」と、シンプルに漏らしていたのも印象的だ。

琉生はよく俺たち四人での遊びを企画した。紗雪を混ぜない三人での行動ならばお邪魔虫だが、紗雪も含めれば仲良し四人組となる。星乃叶は紗雪が大好きで、何をするのにも紗雪を連れていきたがったし、そんな様々な事情も介入しながら、俺たちは四人で出掛けることが多かった。

あの頃、そういったデートもどきを紗雪はどう思っていたんだろう。紗雪は然したる不満を漏らすこともなかったが、希望を口に出すことも皆無だった。いつもバッグの中に読みかけの文庫本を持参して、誘われれば必ず俺たちに付いてきた。

ここ半年ほど、星乃叶の身長は伸びていない。俺は星乃叶の身長を越える日を待ち望んでいたので単純に嬉《うれ》しかったのだが、沙月《さつき》さんというスタイル抜群のいとこに憧《あこが》れていた彼女は、百七十センチオーバーを目指しており、百六十台半ばで止まってしまったことは不本意以外の何物でもないらしい。

そんな風にして六月がやってきて、日々蒸し暑さを増していく頃、あるサプライズが星乃叶と紗雪に用意された。遥《はるか》さんと友樹《ともき》さんから二人に浴衣がプレゼントされたのだ。「身長が止まるのを待っていたの」という遥さんの言葉の真偽は微妙なところだが、プレゼントなど予期していなかった星乃叶は、歓喜の悲鳴をあげる。

薔薇《ばら》をモチーフとした浴衣が星乃叶に、椿《つばき》をモチーフにした浴衣が紗雪に渡され、その日、星乃叶は俺が帰るまで、袖《そで》をひらひらと振りながら、ずっとにやけていた。

「ほら、彼女が綺麗で嬉しいでしょ？」

とか、そういうことを自分で言うなよと思わないでもないのだが。

「あたしへの想いを原稿用紙で十枚書いて提出しなさいよね」
なんて言葉が、星乃叶なりの照れ隠しであることも俺は知っている。

地区大会が終わった翌日の土曜日、前日の疲れも考慮してなのだろう。部活が丸一日休みとなった。一年生は試合に出ていないから、体を休める理由もない。せっかくの休日だ。どこかに遠出しようと琉生が言いだして、俺たちは近隣の街へと星を見に行くことにした。

翌日は日曜日だから、多少遅くなっても平気だ。四人で遅くまで出掛ける旨を伝えると、保護者たちは快く送り出してくれた。

琉生の親は、中学一年生の息子が異性と遅くまで出掛けても心配にはならないのだろうか。それとなく尋ねたら、うちの親は子どもに無関心なんだと、特に寂しがる様子も見せずに琉生は答えた。急に大人びて、冷めた少年になった琉生のそれは、親譲りなのかもしれない。

その日は、流星群の日だった。
星乃叶と紗雪はプレゼントされた浴衣を身に纏《まと》っている。俺たちが向かったのは、

　バスで二十分ほどの距離にある丘陵地で、展望台が設置された森林公園だ。

「BUMP OF CHICKEN のPVを観て以来、仲間と天体観測するの夢だったんだよな」

　そんなことを呟きながら、夕暮れ空を前に、琉生は持参した望遠鏡をセッティングし、俺は大好きな彼女を見つめる時、浴衣の袖の辺りでは夏の景色が漂うのだという真実を、実体験することとなった。

・

　やがて日が暮れて、文庫本を仕舞った紗雪は、大人しく空を眺め始める。

「お前って、そうやって何かをボーっと見つめている姿が絵になるよな」

　褒め言葉なのかそうではないのか、自分でもいまいち分からないまま、紗雪の背中に声をかける。

「……ありがと」

　少しだけ考えた後、それでもこれは喜ぶべき事態だと判断したのか、紗雪は感謝を述べた。心なしか微笑んでいるようにも思えたが、薄暗くてよく分からない。

　流星が見え始めると予測される時刻まで、まだ三十分ほどあった。

もちろん、その時刻から堰《せき》を切ったように流れ始めるわけではないだろうが、十二歳とか十三歳の俺たちが、それまでずっと空を眺めて呆《ほう》けていられるはずもなく、琉生は持ってきていたゲームボーイアドバンスSPの対戦相手に紗雪を指名して、二人は横でゲームに夢中になっていた。

俺と星乃叶はクラスメイトの噂話とか、部活の先輩の悪口とか、まあお世辞にも品があるとは言えない会話をしながら、ぼんやりと空を眺めていた。

持参していたポテトチップスを食べきった時、星乃叶に脇を突かれた。

「星が流れるまで、二人でちょっと探検してこない？」

どうしたものだろう。残される二人を見ると。

「行ってくれば？」

ゲーム機を注視したまま、片手だけ上げて、バイバイと琉生は手を振った。

紗雪が俺と星乃叶以外の友達と遊んでいる姿なんて、結構、レアな絵だと思う。無表情に画面を見つめて、忙《せわ》しくボタンを押している紗雪にも、一応、声をかける。

「紗雪。俺らちょっと行ってきて良い？」

「話しかけないで」

即答だった。意外にも、結構楽しんで対戦しているのだろうか。

「おっしゃ！」

琉生の声が響き、俺が紗雪に睨まれた。負けたのだろうか。

「もう一回」

紗雪は恨めしげに琉生にゲーム機を差し出す。

「お前でもむきになることってあるのな」

琉生も同じ感想を抱いていたようだ。

「いいから早く」

ゲームに興じる二人を余所目《よそめ》に星乃叶が俺の袖を引っ張り、俺たちは展望台を抜け出した。

既に日は暮れ、満天の星空が広がっている。

「せっかく遠出したのに、ゲームばかりやってるなんてもったいないと思わない？」

ゲーム好きとしては複雑な心境になる台詞だったが、星乃叶の言葉も一理ある。まあ、あいつらは俺たちと違ってカップルなわけでもないし、琉生は部活に勉強に忙《いそが》しい生活を送っているから、あんな風に友達とゲームで対戦するなんていうのも久しぶりで楽しいのだろう。

展望台から少しだけ歩いたところで星乃叶が立ち止まって。

「あのね。……あの人、出て行ったんだって」

少しだけ緊張したような声で、そう言った。星乃叶が強張った声で「あの人」と呼ぶ場合、それはあの継母だ。

「良かったじゃん」

「うん。きっと、もう我慢出来なくなったんだと思う。もともとパパの財産が目当てみたいな人だったし」

星乃叶が美蔵家に居候を始めてから、もうすぐ一年になる。それでも星乃叶の心の中に生じた裂傷は完全に癒えているわけではない。あれだけ痛めつけられ、限界ぎりぎりまで嬲《なぶ》られたのだ。

時が経ち、幼い頃の傷を星乃叶が忘れられるその日まで、温かく見守るつもりだった。継母の美津子《みつこ》が家から出て行ったのであれば、そんなに望ましい話はない。今後、慧斗さんが経済的に立ち直り、日常的に帰宅出来るようになれば、星乃叶が自宅に戻ることも出来るだろう。もちろん、そうなれば俺も紗雪も寂しくはなる。だけど、それは歓迎すべき未来のはずだ。それが正しい家族のあり方なのだ。

ぼんやりとそんなことを考えていたら、星乃叶に肩を叩かれた。

「今、流れたよね」

「マジで？　まばたきしてたかも」

「ちょっと、気を抜かないでよ」

星乃叶に軽く蹴られて、よろけながらも空を見上げる。

こんなにもちりばめられた星々は美しい。隣に恋人がいれば、なおのことだ。闇の中、視界を奪われたことで研ぎ澄まされた嗅覚《きゅうかく》が、星乃叶と浴衣の香りに誘われる。

どちらからともなしに手を繋《つな》いで、俺たちはゆっくりと森に向かって歩き出した。

2

このまま夜空に落ちてだっていけるんじゃないだろうか。

手を伸ばした星乃叶《ほのか》の指の隙間《すきま》で、月と星が輝いている。

「次のハレー彗星《すいせい》って、いつだか知ってる？」

草むらにブルーシートを広げ、四人で寝転びながら夜空を眺めていると、琉生《るい》が尋ねてきた。

「彗星って百年に一回地球で見られるんだっけ？」

曖昧《あいまい》な記憶を頼りに答える。

「違うよ。お前の知識は大雑把だな。星乃叶は知ってる？」

「柚希《ゆずき》が知らないことはあたしも知らない」

のろけ半分の答えに、琉生はあきれたようにため息をつく。

「美蔵《みくら》は？」

「七十六年に一回」

即答だった。

「お前、何でそんなこと知ってんの？」

「本で読んだ」

そうか、本と友達なのも無駄ではないんだな。

「あっ」

驚いたような声をあげたのは星乃叶。

「ねえ、もしかして今日だったりするの？」

「だったらもっとニュースで大騒ぎしてるだろ。ここだって、きっと凄い人の数だと思うよ」

確かに、今日は流星群の日だというのに、展望台には誰もいない。丘の駐車場には車が何台か停まっていたけど。

「次に地球で見られるのは、二〇六一年の夏なんだ」

「ずっと先の話だね」

　ほかの二人には見えなかっただろうが、隣の星乃叶が俺の手首を握った。

「それまで一緒にいられるかな」

「どうだろうな。一緒にいたいけど、想像つかないな。なんか自分がお爺《じい》ちゃんになるとか、考えると怖くなるかも」

「誰か一人ぐらい死んでるかもな」

　笑いながら言ったのは琉生。

「ちょっと、そういうフラグ立てるみたいなこと言うのやめてよ」

　非難したのは星乃叶だ。強気なようで、意外と星乃叶は乙女な部分が多い。美蔵家で暮らすことになった時も、真っ先にお気に入りのクマのぬいぐるみを鞄《かばん》に詰め込んでいたらしいし、こう見えて結構なロマンティストなのだ。

「冗談だよ。でも、次のハレー彗星は四人で見れたら良いな」

　夜空を一つの光がなぞった。

「あ、今、流れたよ！」

「大丈夫、見てるよ」

焦るように言った星乃叶に笑いながら答えた。

「なあ、俺の話聞いてた？」

流れ星に会話を遮られた琉生が苦笑しながら言った。そして、

「見たい」

たった一言で答えたのは紗雪《さゆき》だった。

「お、意外なところから答えが返ってきたな」

「うん。あたしも見たいよ」

星乃叶も嬉しそうに同意した。

「シワシワになった星乃叶とか紗雪とか、あんまり見たくねえけどな」

ポツリと本音を漏らす。

「何でそういうこと言うのよ。あたしが年を取れば、あんただってヨボヨボだって」

「分かってるけどさ」

俺たちのやり取りに琉生は笑って。

「じゃあ、柚希は除いて、俺ら三人だけでハレー彗星を見るってことで」

「いや、俺も見るけどさ」

「駄目。もう定員オーバー」

冗談っぽく答えたのは、やっぱり星乃叶。

「おい、彼氏を省くなよ」

「じゃあ、仕方ないから補欠で入れてあげる」

他愛もないやり取りだった。冗談とも本気ともつかないような、多分、言いだした琉生も、賛同した俺たちも、深くなんて考えていなかった。

二〇六一年、俺たちは七十一歳だ。自分たちが年を取って、いつか老人になるなんて想像も出来ない。だけど……。

「私、本当にハレー彗星を皆で見たい」

帰り際に紗雪が呟いて、そんな風にして紗雪が希望を述べることなんて皆無に近いことだったから、俺たちは誰もがこの約束を胸に刻むことになったのだと思う。

五十八年後の夏、あの展望台で四人でハレー彗星を見る。

そんな約束をしたのは、俺たちが十二歳とか十三歳だった子どもの頃の話だけど、今でもあの夜の一つ一つの出来事を鮮明に思い出すことが出来る。

流れた星の儚《はかな》い線も瞼《まぶた》の裏に焼き付いている。

3

山梨県にはヴァンフォーレ甲府《こうふ》というJリーグ、ディビジョン2のチームがある。俺は当然応援しているわけなのだが、同様に星乃叶《ほのか》にもお気に入りの地元チームがあって、それはアルビレックス新潟というライバルチームだった。この二チームの試合は、武田信玄《たけだしんげん》と上杉謙信《うえすぎけんしん》の戦を想起させるもので、川中島《かわなかじま》ダービーとも呼ばれている。

ビッグスワンというワールドカップも開催されたスタジアムが新潟にはあり、オレンジ一色のサポーターで情熱的に埋まるのだという星乃叶の話を聞く度に、そこで試合を観戦してみたいと思っていたのだけど、唐突にその夢が叶《かな》うことになった。

それは七月の平日の試合だったのだが、父親が職場でチケットを四枚手に入れてきて、学校を休んで車で観に行こうと言い出したのだ。ダービーを、しかも星乃叶の地元で観戦出来る！　そんな事態に歓喜しない理由など皆無だ。チケットが四枚あったこともあり、星乃叶と紗雪《さゆき》も一緒に観に行けることになった。

一年ぶりの地元に、星乃叶のテンションはいやがおうにも上がり、新潟市に入ると、目に入る建物を次々に解説し始める。後部座席で早口に捲し立てる星乃叶に紗雪が相《あい》槌《づち》を打ち、俺は助手席でそんな二人の会話に耳を傾けた。

駐車場からスタジアムへ向かう人の波はオレンジ一色で、動員数の多さに星乃叶は胸を張り、甲府サポーターとしては当然悔しさもあるのだが、そのスタジアムの美しさと雰囲気には羨望《せんぼう》を感じざるを得なかった。

スタジアムに入る前に、星乃叶は俺たちを売店が立ち並ぶメインゲート前へと案内する。そこにはバラエティに富んだ幾つもの屋台が立ち並んでいた。

キョロキョロしながら人混みを進んでいく父親の袖を、星乃叶が捕まえる。

「逢坂《あいざか》さん。申し訳ないんですけど、紗雪とちょっと待っててくれませんか？　柚希《ゆずき》と二人で並びたい列があるんです」

どういうことだろう？　どうやら紗雪は事前に何かを聞いていたらしく、戸惑う俺を無理やり星乃叶の方に突き出した。

「ああ、じゃあ、まあよく分かんないけど、行ってくるわ」

星乃叶に腕を引かれるまま、最も長い行列を作っている屋台の最後尾につく。

「これ、何の店？」

「夏季限定のダブル・ジェラート」

嬉しそうに星乃叶がそう告げて。前方に目を向けると、看板のジェラートの文字が目に入った。新潟産のお米と、愛媛産の『太陽のあくび』なる夏ミカンを使用したジェラートらしい。

「あたしね、これを彼氏と一緒に食べるのが夢だったんだ」

「夢って、ジェラートだぜ？　大袈裟《おおげさ》だろ」

俺が笑うと、星乃叶はアウトサイドで軽く蹴ってきた。

「ここ、本当に美味しいって評判で、いつもあっという間に売り切れるんだよ？　大丈夫かなー。今日を逃したら、もういつ食べられるか分からないんだから」

「ふーん」

「ちゃんと聞いてる？　売り切れちゃったら、柚希のせいだからね」

俺たちの後ろにもどんどん行列が出来ていくし、余裕だろと俺は笑い飛ばしたのだが、あろうことか星乃叶の予感は的中してしまい、噂のジェラートは俺たちの四人ほど前で売り切れてしまった。

「おい、泣くなよ。たかがアイスじゃないか」

「泣いてないわよ。ぶっ飛ばすわよ。夢だったたって言ってんでしょ！」

軽い口論をしながら待ち合わせの場所に戻ると、こうなることを予想していたのか、キャラメルポップコーンとコーラを父親と紗雪が両手に抱えていた。必死で堪えていた涙を隠すように、星乃叶は紗雪に抱きつく。

「どうしたの？」

「何でもない！」

言葉とは裏腹な口調で星乃叶からそれが告げられ、紗雪は首をかしげて、目だけで疑問を訴えてきた。俺は苦笑いを浮かべることしか出来なかったのだけど。

紗雪の首元に顔をうずめたまま、いつまでも帰ってこない星乃叶が、このジェラートをどれだけ楽しみにしていたのか、ようやく理解出来たような気がした。

いつかもう一度、ここに二人で来て星乃叶の夢を叶えてあげよう。そう思う俺は幼くて、そんな日は、やがて当たり前のようにくるはずだと思っていたのだが。

それから約一ヶ月後、星乃叶の涙の本当の理由を俺は知ることになった。

4

中学一年生だった、あの夏の終わり、星乃叶《ほのか》の転校が決まった。

六月の終わり頃から、徐々にそのための話し合いが行われていたらしく、星乃叶は新潟に遊びに行った時には既にその覚悟を決めていたようなのだが、八月も半ばを過ぎた頃にそれを聞かされた俺は、ただ突然の別れにショックを覚えることしか出来なかった。

ずっと当たり前のように一緒にいた星乃叶が、遠い地へと引っ越してしまう。

幾つもの仕事を掛け持ちしていた慧斗《けいと》さんに理想的な就職口が見つかったことがそもそもの事の発端で、慧斗さんには地元の大病院に勤務している古くからの友人がいるらしく、彼の紹介でそこの経理の仕事に就けることになったのだ。困窮する慧斗さんのことを、ずっと心配していたのだろう。その友人は借金の一部も肩代わりしてくれて、二人が地元へ戻るという決定は、星乃叶の家庭だけを思えば、喜ぶべき事態だった。しかし、そんな風に達観できるほど大人でもなく、口には出さなかったが、俺はこのまま星乃叶だけでも美蔵《みくら》家に残って欲しいと思ったりしていた。

やがて引っ越しの日が近付くに連れて、俺も現実を認めなくてはならなくなり、諦めにも似た感情と共に、星乃叶を送り出そうとしたのだけれど。

離れても、また、すぐに会える。俺はそう信じていた。

親に携帯電話の購入は高校生になってからと言われていたが、連絡を取る手段はほかにもあるわけで、俺は自宅のパソコンを使って、Ｅメールのやり取りを星乃叶に説明することにした。だが、機械音痴の星乃叶にとって、プレイステーション以上にボタンがあるパソコンなんて物は、敵意の対象でしかなかったようだ。

「ちょっと待ってよ。ウイルスがどうのって聞いたことあるけど、このＢｃｃっていうのは予防注射か何かなわけ？　件名と本文を分けるってどういうこと？　大体、小さい『ぉ』ってどうやって打つの？」

星乃叶の疑問は止《とど》まるところを知らず、そもそもパソコンの終了のさせ方すら知らなかったあいつにとって、メールアドレスを取得し、連絡を取り合うなどというのは、ルービックキューブを完成させるのと同じレベルで難解な話らしかった。

「ＣｃもＢｃｃもお前には関係ないし、件名なんて何でも良いんだよ」

「何でも良いって何よ。これはラブレターなんでしょ？」

「じゃあ、『好きです』とか書けよ」

「はあ？　書かないわよ。何であたしから『好き』って言わなきゃいけないわけ。あんたが先に言いなさいよ」

「お前、論点ずれてるからな」

何とかEメールの使い方を説明しようとするのだが、十分も経たないうちに星乃叶は理解することを放棄して、

「あたしたちの連絡は恋文に限定するから」

と、一方的に古風な宣言をした。

星乃叶はその後、遠く離れた恋人が文通によって愛を深め合うことの趣みたいなものを力説していたのだけど、要するにそんなことは全部、ただの言い訳だ。

多分、星乃叶は女子高生になっても携帯電話を使いこなせないんだろうななんて推測は、その後、不幸にも微妙な形で当たってしまうのだが、まあ、手紙というのも悪くはないかなと思った。


それから。

一ヶ月に一回は手紙を書くからねとか、絶対に一緒に東京の大学にいこうねとか、果たせそうな約束と、そうでもなさそうな約束を、一方的に星乃叶から言い渡された

のだが、そんな約束も重ねれば重ねるほど、寂寥感《せきりょうかん》が増すばかりだった。

「本当はね、山梨に残りたいってお父さんに言おうかとも思ったんだ。これから十四歳になって、高校生にもなって、そういう季節の狭間に、柚希《ゆずき》と一緒に見たい世界がいっぱいあったもの」

彼女に告げられたのは、愚痴でも後悔でもなく。

「だから、また、すぐに遊びに来るからね」

多分、約束とは星乃叶にとって、願いを祈りに変えるための代替行為だった。

俺は曖昧に頷きながら、交わした言葉の幾つかは口約束になってしまうんじゃないかと思っていたのだが、星乃叶は無邪気に将来のデートについて語っていた。


二〇〇三年、八月二十七日。

二十一世紀で最大の火星大接近だったというその日、美蔵家で星乃叶のお別れパーティーが開かれる。

琉生《るい》の持ってきた望遠鏡で火星を観察したり、友樹《ともき》さんとうちの父親が二人でギターの弾き語りをやったり、そんな風にして皆が思い思いの方法でパーティーを盛り上げ、俺たちは笑顔で星乃叶を送り出すために頭を捻《ひね》った。

満天の星空の下、助手席に乗った星乃叶が窓を開けて。

最後の握手を交わした後、胸の中にしまっていた想いを告げる。

「あのさ、俺、果たせないと嫌だから、約束って好きじゃないんだけど」

「うん、知ってるよ」

「でも……。あのダブル・ジェラート。絶対、いつか二人で食おうな」

一瞬、呆気《あっけ》に取られたように星乃叶の口がポカンと開き、俺は自分の言葉が正しかったことを知る。

「……覚えててくれたんだ」

「当たり前だろ。彼女の夢だぞ」

星乃叶の両目に、熱い何かがじんわりと浮かんで。

「約束だよ？　絶対に守ってよ？」

「ああ」

「破ったら死刑だよ？」

「うん、良いよ」

去っていく星乃叶は泣きながら笑っていて、これからの未来に不安とか希望を入り混じらせて、旅立っていったのだけれど。

その日の夜、俺の知らないところで、ある一つの重大な事件が起こっていた。

俺がそれを知るのは、何年も後になってからのことになる。

第三話

星降る君の公転周期

1

「あたしは一ヶ月に一回手紙を書くから、あんたもちゃんと返してよね」

それは俺と星乃叶《ほのか》が、お別れパーティーの時に交わした約束だ。

大半の男子と同じように文章を書くのが好きではない俺と、とても筆まめであるとは思えない星乃叶との手紙のやり取りが、継続するとは思えなかったのだが、案の定と言えば良いのか、最初の手紙が届いたのは十一月で、別れの日から三ヶ月後のことだった。

星乃叶たちは新潟市に引っ越したのだが、慧斗《けいと》さんが勤めた病院の都合で、すぐに上越地方にある田舎街へと再度移転したらしく、そんな諸々の事情と共に、手紙を書くのが遅くなった言い訳が綴《つづ》られていた。もっとも付属的な事情がなかったとしても、手紙は一ヶ月では届かなかったんじゃないだろうかと俺は思っている。

それから俺たちは、一ヶ月に一度くらいの頻度で手紙のやり取りをして、お互いの近況を知らせ合った。

引っ越しの時点で慧斗さんは電話の加入権を持っておらず、新潟に戻って番号が決まったら教えるからと言われていた。しかし最初の手紙でその約束は反古にされることになる。

『義母とまた一緒に暮らすことになったから、電話は出来ないと思う。だから、番号も教えないね』

そんな風に手紙の末尾には記されており、少なくともその事実は、俺の胸に確固たる不安を運んできたのだが、

『あの人とも今は上手くやっているから、心配しないで』

続けられたそんな言葉を、信じるしかなかった。星乃叶だって、もう中学生だ。いつまでも嬲られるだけの子どもではない。体格だって大人と変わらないし、きっと大丈夫。幾つかの理由を自分の中に並べ、納得しようとした。

手紙だけのやり取りで不満はないのかと、琉生《るい》に尋ねられたこともある。俺は答えに詰まってしまったのだが、それは不満があるからではなかった。俺たちの恋愛は十代も前半の、それもたった一年の出来事だ。振り返ってみても、二人というより紗雪《さゆき》や琉生も交えての四人の思い出の方が多い。

遠く距離が離れてしまえば、幾つかの約束は果たすのが難しくなるだろう。

お互いを想い続けるのも難しくなるかもしれない。俺はそう思っていたし、実際、旅立つ前の星乃叶にそれを告げて泣かれたこともある。

遠くに住む幼い頃の恋人をいつまでも想い続けることは出来るだろうか。学生で周りに異性があふれている青春時代に、いつまでも想いを胸に抱き続けるだけで満足することなど出来るだろうか。星乃叶と離れる前から俺には疑問だった。

薄情な男だと言われればそれまでだ。お前の星乃叶に対する気持ちは、その程度だったのだと非難されれば、反論の余地も無かった。だけど、俺に言わせれば、どちらが現実的で、どちらがよりお互いのことを考えているのかという選択の問題なのだ。もしも引っ越した先で星乃叶に好きな人が出来れば、彼女を縛るつもりも責めるつもりもない。同様のことは俺にも起こり得ると思えたからだ。

さて、そんな一途とは程遠いスタンスの俺だったが、それらの思考は、あくまでも現実的に考えるならばという仮定の話に過ぎず、距離が離れたぐらいで次の誰かに心を奪われるような切り替えの早い男でもない。やっぱり、心の中心にはいつだって星乃叶がいて、そうやって俺の日々は流れていった。

まだ中学一年生だった二〇〇四年の冬。

「柚希《ゆずき》は星乃叶に会いに行きたくなったりする？」

紗雪とリビングで二人きりになった際、不意に質問されたことがある。

「そりゃ、会いたいよ。何？　お前、遊びに行こうと思ってるの？」

「星乃叶に返し忘れたものがあるから、会いに行く時は教えて欲しいって思って」

「手紙と一緒に送ってやろうか？」

紗雪は首を横に振る。

「ううん。梱包《こんぽう》で送ることは出来ない物だから。もし遊びに行くことがあるなら、一緒に連れていって欲しいって思っただけ。どうやって行くのかもよく分からないし」

まだ中学一年生である俺たちにとって、新潟は十分すぎるほどに遠い街だ。じゃあ、星乃叶に会いに行く時は一緒に行こうなと、そんな約束を俺と紗雪は交わしたのだけど、果たされる日がいつくるのかは見当もつかなかった。

粗野な同世代の男子たちと一線を画していた琉生は、相変わらずモテたのだが、ことごとく女子からの告白を断っていた。あんなに愛想の悪い奴がモテるという現実に不満も感じるが、まあ、要するに中学生なんていうのは、ルックスにプラスして、ちょっと大人びている男子がいれば、それだけで格好良く見えてしまうのだろう。

ついでに言えば、琉生は三年生の時には、サッカーも俺より上手かった。背番号は十で、ポジションは花形のトップ下。俺は小学生の頃よりアンカーのポジションだったから、琉生と先発を争うことはなかったけど、それにしたって腹立たしいことには変わりない。そんなこんなで二年に進級する際には別のクラスになったのだが、濃いとは言えないまでも交友関係は続いていた。

時が流れて。

星乃叶が存在しない、どこかで何かが欠けたような思春期は過ぎ去り、俺たちは当たり前のように中学校を卒業した。

誰しもが予想していた通り、琉生は県下一の私立進学校に進み、俺は可もなく不可もない公立高校へと入学が決まる。紗雪は琉生ほどではないものの、所謂《いわゆる》秀才と言って差し支えないだけの成績を修めていたが、何故か俺と同じ高校へと進んだ。「近いから」というのがその理由だった。

漫画や何かでそんな理由で高校を選ぶ奴を見る度に、都合の良い展開に興醒《きょうざ》めするわけだが、実際にそういう選択をした紗雪を目の当たりにし、なるほど、こういう奴がいるから、進学校以外にも秀才は存在するのかと納得がいった。

俺に紗雪の学力があったとしたら、近いからなんて理由でランクを落としたりは出来ない。器がでかいというか何というか、頃合いの良い適切な表現が見つからないが、まあ、何にせよ紗雪は相変わらずの変わり者だった。

高校の合格発表の日、お祝いに携帯電話を買ってもらい、よし、これで星乃叶との距離も近付くだろうと思ったのだが、経済的な理由で星乃叶は携帯を持たないことにしたらしく、俺たちのやり取りは高校生になっても手紙に限定されていた。

高校に入ってから最初のゴールデンウィーク。

親戚の結婚式で東京に出てくると星乃叶が知らせてきた。俺たちの住んでいる町から東京へ出るためには、約二時間、電車を乗り継がなければならないのだが、それは恋人と約三年ぶりに会えるチャンスで。

最初の頃にもらった手紙に、一度だけ写真が同封されていたけど、その時の姿は別れた時とほとんど変わっていなかったし、高校生になった星乃叶と会えるのは、正直めちゃくちゃ楽しみだった。

別に迷ったこともなかったわけだが、ほかの誰かを好きになったりしなくて本当に良かった。俺は今でも星乃叶を好きでいる。会いたい気持ちは色褪《いろあ》せたりしていない。

『結婚式は二時からなの。三時から五時の披露宴で抜け出すから、渋谷のハチ公前広場で会おう』

実にシンプルな星乃叶の計画に従い、俺と紗雪はその日、午前十時には自宅を出発していた。

珍しく紗雪は文庫本を持参しておらず、何だか妙にそわそわしている。友達なんていらないわ的な顔をしていても、星乃叶との再会は嬉しいのだろう。本当は二人きりで会いたい気持ちもあったのだが、紗雪だけは俺たちにとって特別だ。

もうすぐだ。あと数時間経てば星乃叶に会える。

ハレー彗星はまだまだ先だけど、こうして会おうと思えば、いつだって会えるのだ。

そう、思っていた。この時は、まだ……。

2

俺たち二人が座っているベンチの前、そこで静かに時を刻み続ける時計の針は午後六時を回っている。もう二時間以上、俺たちは喋っていない。

「きっと披露宴を抜け出せなかったんだと思う」

ようやく紗雪《さゆき》が口を開いたのは、日も暮れかけた頃だった。

星乃叶《ほのか》は携帯電話を持っていない。この待ち合わせ場所に現れなかった理由は確認しようがなかったし、俺たちに出来ることはない。それでも、

「もう少しだけ、待ってても良いかな？」

諦められなかった。何かトラブルがあって、ここへの到着が遅れているだけで、きっと今、星乃叶はここに全速力で向かっているのだ。そう信じたかった。

「柚希《ゆずき》の気のすむまで」

「悪い」

星乃叶が抜け出せると言っていた披露宴は五時までだ。つまり今の時刻は、完全にロスタイムなわけだが、それでも諦めたくなかった。

真っ暗な空を見上げると涙が零れそうになってくる。どうして星乃叶はここに来られなかったんだろう。あんなに楽しみにしていたのに、星乃叶が好きだったクマのぬいぐるみの名前を紗雪に聞いて、プレゼントも用意してきたんだけどな。

今更に自分たちの距離を思い知らされたような気がした。

七時を回った頃、紗雪の携帯電話に着信が入る。

「家?」

首を横に振ってから紗雪は立ち上がり、俺から離れた。

紗雪の携帯電話はピンクを基調とした可愛らしいデザインだ。中学生までの紗雪は、日用品も私服もすべて暗い色の物ばかりを購入していたし、一緒に携帯を買いに行った時には、紗雪のチョイスに随分と驚かされた。

紗雪は離れた場所にいるから、その会話は聞こえない。でも電話の相手は星乃叶なんじゃないだろうか。星乃叶なら紗雪の電話番号を知っていても不思議ではない。と言うか、紗雪に電話をかけそうな相手なんて、ほかに思いつかない。

何やら紗雪の表情は曇っている。あいつが気分を害する姿は珍しい。
二、三分ほど話していただろうか。戻ってきた紗雪に何の電話か尋ねると、
「柚希には関係ない」

一言で一蹴《いっしゅう》された。それでも、この気になる気持ちを抑えることが出来なかった。

詮索《せんさく》しようとしている自分に嫌悪を感じながら言葉を続ける。

「星乃叶じゃないのか?」

「違う。ただの知り合い」

知り合い？　紗雪に連絡を取り合うような知り合いなんているのか？

クラスも違うし、紗雪の交友関係なんて知らないけど、唯一、同教室になる芸術選択の美術でも、紗雪が誰かと喋っている姿なんて一度も見たことがない。

今、間違いないのは、目の前にいる紗雪が不機嫌だということだ。過信ではなく、紗雪の感情の変化にならなら世界で一番敏感だという自信がある。紗雪は明らかに今、苛《いら》立《だ》っている。

……紗雪も疲れているのかもしれない。

結局、俺はそう結論を下すことにした。こいつだって星乃叶と会うのを凄く楽しみにしていたのだ。星乃叶のことでからかわれるのが嫌だったから、父親や遥《はるか》さんたちには、今回の東京旅行の名目に関しては嘘をついている。それでも出発前、紗雪は楽しみで夜眠れていなかったみたいなのと、内緒で遥さんから聞いていた。

このまま、こうしていても事態は好転しないだろう。仕方がない。何かどうしてもここに来られない事情が星乃叶にはあったのだ。

「帰ろうか」

俺の言葉に素直に紗雪は頷いた。

「疲れただろ？　持ってやるよ」

返事を聞く前に紗雪のバッグをベンチから持ち上げる。信じられないものでも見るかのような目で紗雪に見つめられたが、俺は何も言わずに駅に向かい出した。

星乃叶からは後で手紙が来るだろう。これが最後のチャンスってわけでもない。バイトでもして旅費を稼いで、俺たちが星乃叶の街を訪ねても良いんだ。そんなことを紗雪と話しながら、まあ、正確には一方的に喋りながら、帰途についた。


この日、帰りの乗換駅で俺は一つ罪を犯した。

家に帰宅時刻を連絡したいのだが、携帯電話の電池がなくなったから貸してくれないかと紗雪に頼む。俺たちの携帯は色違いの同じ機種だ。センターホイールの左と右のボタンに、着信履歴と発信履歴。通話を終えて紗雪に返す隙をつき、左のボタンを押した。画面を見てから、素早く電源ボタンを押す。

「お前の待ち受けって色気がないな」

買った時からいじっていないであろう待受画面を見せつつ、携帯を紗雪に返した。

俺の動揺は悟られていないだろうか。電源ボタンを押すより一瞬早く、俺は着信履歴を確認している。一番上には『嶌本琉生《しまもとるい》』の名前があった。その下にも、さらにその下にも、同様の名前が並んでいた。

3

紗雪《さゆき》と琉生《るい》が連絡を取り合っている。考えてみれば、さして違和感を覚える事態でもない。星乃叶《ほのか》が美蔵《みくら》家にいた一年間、俺たちはよく四人で一緒にいたし、付き合っている俺と星乃叶に気を遣えば、当然、紗雪と琉生が二人になる。

琉生は高校ではサッカーをやめ、軽音楽部に所属しているらしく、駅で見かけた時にはベースを背負っていた。

まさか紗雪と琉生は付き合っているのだろうか。有り得ない話ではないけど、有り得ない。矛盾しているが、そんな形容が適切であるように感じる。だけど、本当に有り得ない事態なのか？

考えてみれば琉生が星乃叶に毎月告白していたのだって、もう三年も前の出来事だ。

ゴールデンウィークの最終日。

俺は琉生を駅前のファミレスに呼び出した。

こうして面と向かってこいつと喋るのは春休み以来だろうか。久しぶりに会う琉生は、また少し身長が伸びており、伸ばし始めた髪が目を軽く隠していた。

「よお、悪かったな。休みに呼び出して」

「友達に呼び出されて、謝られる方が不愉快だけどな」

すかした言い方が、あまりにも琉生らしくて笑ってしまう。

「お前、変わってねえな」

「二ヶ月で人格変わるほど、薄っぺらい人生を送ってないんでね。丁度良かったよ、俺もお前と喋りたかったし」

それは少し意外な発言だった。星乃叶が転校してからも、俺と琉生はそれなりに仲良くしていた。だけど、部活を引退してからは、受験で忙しくなったこともあり、頻繁に連絡を取ったり遊んだりすることもなくなった。携帯電話の番号とメールアドレスは交換していたが、連絡を取ったのは今回が初めてだ。

友達といえば友達だが、親友と呼べるほどに俺は琉生を信頼していないし、それがお互いの共通認識だと思っていたのだが。

「最近、調子はどうだ？」

「良くも悪くもないよ。喋りたかったって、何かあったのか？」

「久しぶりに雑談したかったってだけだけどな。柚希《ゆずき》、高校で彼女は出来たのか？」

ドリンクバーの紅茶を飲みながら、挨拶みたいに気軽な口調で尋ねられた。

「そんなのいねえよ」

「まだ引きずってんのか？」

「つーか星乃叶と別れたわけじゃないし」

「ふーん。じゃあ、今でも連絡取り合ったりしてんのか？」

「興味津々だな。お前、まさか星乃叶をまだ好きなんじゃないだろうな」

その言葉に、琉生はようやく笑った。

二ヶ月で変わったりしない。そう言ったのは琉生本人だが、その笑い方が妙に大人びていて、やはり環境は人を変化させずにはおかないのだと思った。

「さすがにもうないよ。星乃叶のことは特に何とも思っていない」

「ようやく諦めたか」

「小学生の時に、もう諦めていたんだけどな」

「嘘つくなよ。そういうことを言うなら、こっちもばらすけど、俺、お前が星乃叶に一ヶ月に一回告白していたの知ってんだぜ」

「そんなこともあったな」

琉生はもう一度、今度は自嘲《じちょう》気味に笑った。

「好きな女の子に、わざと意地悪する子どもとかいるだろ。そういう感じだよ」

「意味分かんないだろ、それ」

「お前には分からなくて良いんだよ」

久しぶりに会った琉生は、ますます本心が見えなくなっていた。小うるさかった昔が嘘みたいだ。


軽食を食べた後、本題に入る。

「俺も聞きたいことがあったんだけど、お前、最近、紗雪と会ったりしてる？」

注意深く観察していたのだが、琉生の表情は変わらなかった。

「まあ、仲良し四人組だしな」

要領を得ない、可もなく不可もない返答だった。

「一昨日、紗雪と出掛けてたんだよ。で、夜、紗雪に電話が掛かってきてさ。聞こえた声がお前だった気がするんだけど」

「それって、かまかけか？」

お見通しか。まあ、初めから素直に答えてもらえるとは思っていない。どう言葉を返そうか考えていたら、琉生が続けた。

「気になるのも分かるけどな。お前と美蔵は兄妹みたいなもんだし、幼馴染が俺なんかと付き合ったりしたら心配だもんな」

「お前が思っているほど、俺はお前のことを低く評価してねえよ」

「そいつは知らなかったな」

目の前のドリンクを琉生は一気に飲み干す。結局、琉生は俺の疑問に答えていない。答えるつもりはないということだろうか。

琉生の表情から薄い笑みが消えた。

「なあ、柚希。一つ質問するけど、ただひたすらに好きな相手の幸せだけを願うのと、どんな手を使ってでもそいつを振り向かせて、自分で幸せにしようとするのって、どちらが相手のことを想っているんだと思う？」

「それって悩み相談なのか？」

「どっちかって言うと警告かな」

警告？

「お前は相変わらず意味分かんねえな」

「そういう処世術なんだよ。そろそろバンドの練習があるから行くわ」

立ち上がると琉生は伝票を手に取った。

「最後に一つだけ。もし好きな女が出来たりしたら、星乃叶のことを忘れてもお前に罪はないと思うぜ。俺も美蔵もお前を責めたりはしない。多分な」

「今のところ、そんなこと考えたこともねえよ」

「明日のことは分からないだろ」

振り向きもせずにそう言って、手を振りながら琉生は去っていった。

結局、琉生と紗雪のことは何にも分からなかった。交際の有無どころか、琉生が紗雪をどう思っているのかも分からない。好きな女の子に意地悪とか警告だとか、あいつは一体何が言いたかったんだろう。

4

クラスメイトの水村玲香《みずむられいか》は、高校に入学して最初に仲良くなった女子だった。

水村の所属するテニス部は、サッカー部の隣に専用のコートを持っており、クラブハウスも隣である。俺は社交的と自負出来るような性格ではないけど、それでもクラスメイトとすれ違えば挨拶ぐらいはする。

星乃叶《ほのか》にせよ紗雪《さゆき》にせよ、俺が仲良くしていた二人の女子はどちらも超インドア派だったが、水村はショートカットの似合うボーイッシュなイメージそのままにアクティブな同級生だ。背の高い水村は、それだけで印象的な生徒だったたし、選択科目で席が隣になったこともあり、入学後すぐに仲良くなった。


中間テストが終わって六月に入り、最初の大きな行事である体育祭の準備が始まる。クラスの目立つあたりから順番に幹部に任命され、残された地味目のクラスメイトたちでほかの係を押し付け合う。結局、芸術選択が美術だった者のうち、幹部にならなかった生徒が全員パネル係に決まり、俺と水村は役職を同じくすることとなった。

外見から受けるイメージの通り、水村は裏表のない性格で、適度な日焼けと、真っ直ぐに伸びた背筋が、彼女を健康的に見せている。

一年生は先輩たちの指示通りに動くだけだったから、言われるままに買出しに行ったり、ひたすらでかいパネルに色を塗りたくったりという単調な作業が続く。当然、手を動かしているだけでは飽きるわけで、自然と水村やほかのクラスメイトたちとも喋る時間が増えていった。

自分が水村に異性として気にされているかもしれないと気付いたのは、パネル係の仕事が始まってすぐのことだった。自惚《うぬぼ》れが嫌で考えないようにしていたのだが、部活の最中にも、時折、水村に見られているような気はしていた。

恋愛では距離が多大なる影響を及ぼす。星乃叶が俺を好きになったのは、夕食を共にするようになってからだったし、星乃叶が転校した後、中学では二回告白されているのだが、そのどちらの相手も席が隣になった女子だった。水村と俺はクラスメイトで、芸術選択が一緒で、部活動が隣で、今や体育祭の係も同じである。その距離はとても近いと言わざるを得ない。

パネルに色を塗りながら、よく話しかけられるなと思ってはいた。グループリーグ敗退が決まったドイツ・ワールドカップの愚痴とか、その日の授業の感想とか、まあ、他愛のない話ばかりだったけど、でも、自分がほかの男子に比べて水村に話しかけられる頻度が高いのは分かっていた。

やがて、帰宅時に自転車小屋まで一緒に歩くようになり、日中の教室でも話しかけられるようになる。そしてパネル係の仕事を始めて数日が経った後、俺は携帯のアドレス交換を求められた。正直、迷惑だとは思わなかった。星乃叶に対する後ろめたい気持ちはあったが、クラスメイトがアドレスを交換するぐらい当たり前の話だし、同じ係なのだ。急な連絡が必要になる場合だってある。もちろん、そんなのは逃げ口上だということも理解しているけど、俺は水村と仲良くなってみたかった。

中学生の時の二回の告白とは何が違ったのだろう。

考えてみるに、水村との仲を発展させるということが、この時の俺にとってはリアルだったのだと思う。星乃叶は遠くに住んでいて、それは声も聞けないほどの距離で、三年ぶりに会えるはずだった先月もすれ違ってしまった。そんな星乃叶に比べて、水村の存在は身近で現実的だった。

あれから星乃叶からは何の連絡もない。約束の場所に来なかったのは向こうなのだから、最初に手紙を送ってくるべきなのも星乃叶だ。いじけていたと言えばそれまでだが、やはりショックや腹立たしい気持ちは俺の中に確固として存在していたし、ほかの女子と仲良くするということは、子どもじみた仕返しなのだが、星乃叶への当てつけのような意味合いもあった。

『星乃叶のことを忘れてもお前に罪はないと思うぜ』

ファミレスでそう琉生《るい》に言われた時、俺は鼻で笑い飛ばしていた。だけど、最近になってよくその言葉を思い出す。

風呂から上がると携帯が水村からのメールを受信していた。

『明日から逢坂《あいざか》君のこと下の名前で呼んで良い？　私のことも玲香で良いよ』

件名もないシンプルなメールではあったが、文面の裏に込められた想いは伝わる。

このままこんなやり取りを続ければ、俺にとって水村の存在は、ただの気になるクラスメイトではなく、好きな相手になってしまうかもしれない。そして、そんな未来も容易に想像がついた。

何て言葉を返して良いか分からず、携帯電話を閉じた後、星乃叶のことを想った。

もしも、こんな風に何でもないようなメールのやり取りを星乃叶としていたとしたら、今、こうして迷うこともなかったのだろうか。

望んでいるのは、決して贅沢《ぜいたく》な関係じゃない。当たり前みたいな距離で、平凡な関係を保てるだけで幸せなのに、手紙に限定されてしまった俺たちの恋愛は、前に進むというより、後退しているようにさえ思えて、その精神的な距離に痛みさえ覚える。

その日の夜、食事の後でそれとなく紗雪に聞いてみた。

「星乃叶は、やっぱり携帯を持つつもりはないのかな？」

「……本人がそう言ってたじゃない」

「でも、クラスに携帯を持ってない奴なんていないだろ？　あいつは欲しくならないのかなって」

「お父さんに負担を掛けたくないんでしょ」

借金だって肩代わりしてもらっただけで、チャラになったわけじゃない。星乃叶の家庭の窮状は理解しているつもりだ。

「星乃叶の高校、校則厳しいらしいぜ。バイトは見つかったら停学なんだって」

「じゃあ、なおさら仕方ないじゃない。星乃叶だって本当は持ちたいに決まってるんだから、催促したら可哀想だよ」

「まあ、それも分かってんだけどな。でも、ほら、メールとかなら、いつでも連絡取れるだろ。なんか、そういう当たり前の幸せってあるよなって思ったんだよ」

紗雪はそれ以上答えてくれなかったから、俺の言葉に何を思っていたのかは分からない。それでも、この切ない想いを理解出来るのは紗雪だけだと思った。

翌日から水村は俺のことを「柚希《ゆずき》君」と呼び始め、俺もつられるように「玲香」と呼ぶようになった。

このままで良いのだろうか。葛藤《かっとう》の日々は一週間ほど続き、胸の息苦しさだけでは飽きたらず、胃までが痛み始めた頃、感情を試すような出来事が起こった。

それは体育祭が二日後に迫った日のことで、仕上がりの見えたパネル係の仕事を終え、俺たちはいつものように二人で自転車小屋まで向かう。

大半の生徒が下校し、閑散とした自転車小屋の脇で、一人佇《たたず》んでいる女子生徒がいた。それは高校生になり、それまでのボブカットから、髪を伸ばし始めた紗雪だった。右側の髪を耳にかけて後ろに流し、赤いピンで留めている。

玲香と二人でいるのを紗雪に見られて、胸がチクリと痛む。

時刻は七時前だ。紗雪は別のクラスだが、体育祭では何の係にも任命されていないし、部活もやっていない。軍団のダンス練習で残されていた可能性はあるが、それにしたって遅いのではないだろうか。

紗雪は真っ直ぐに玲香を見つめていた。薄暗くて表情はよく分からないが、間違いなく彼女を見つめている。

「お前、こんな時間まで何やってんだ？」

心なしか尋ねた自分の声が上ずっているような気がした。

「誰か待ってたのか？」

紗雪は静かに頷く。

「クラスの奴？」

紗雪は首を横に振る。

「柚希を待ってた」

意志のこもった強い口調だった。

「あ、じゃあ、私、先に帰るね。また明日」

気まずくなったのだろう。玲香はそう告げると、足早に自転車に乗って去っていった。その後ろ姿を紗雪はじっと見つめ続けている。

困った。状況も紗雪の心も読めない。

「どうしたんだ？　俺を待ってるって珍しいじゃん」

珍しいというより、高校に入ってからは初めてのことだった。

「誰？」

紗雪は玲香が消えた方向を見つめている。どうしてだろう。その一言が胸の不安定な部分に突き刺さった。まるで犯した罪を問い詰められているかのように。

「クラスメイト。パネル係で一緒でさ」

「好きなの？」

振り返った紗雪は、軽蔑《けいべつ》するような眼差しをこちらに向けた。紗雪にとっては星乃叶だけが親友だ。それは俺もよく分かっている。

「そんなつもりはないよ」

「そういう意味じゃない。あの女は柚希が好きなの？」

「そんなの分かんねえよ」

真意を探るかのように、俺の両目を見据えたまま、紗雪は目を逸《そ》らさない。

地平線に近付いた大きな太陽が、夕焼け空を真っ赤に染めている。

幾許《いくばく》かの沈黙が続いた後、

「星乃叶が泣くよ」

ポツリと紗雪が漏らして。

「……ああ。それは嫌だよな」

頭では何も考えられなかったのに、そう言葉が零れ落ちていた。

それから金縛りから解けたように、俺たちは自転車に向かい、道中、一言も喋らずに帰途についた。

紗雪がこういうことを報告する性質《たち》だとは思わないけど、浮気現場を撮られた芸能人の気分が少しだけ分かったような気がした。

5

冷静になって考えてみれば、やはり俺が好きなのは星乃叶《ほのか》だけだった。俺の中に生じていた迷いは、結局、あの東京での待ちぼうけと、それ以来、星乃叶からの連絡が途絶えてしまったことに起因する。

どう処理して良いか自分でも分からない、中途半端な気持ちは確かに胸の中にある。だけど今、俺が玲香《れいか》を好きになることはない。未来のことは分からないけど、少なくとも今は恋愛感情に発展する可能性はない。だが、俺がどんな結論に達したところで、告げない限りは玲香がそれを知ることもないのだ。

自転車小屋で遭遇した紗雪《さゆき》のことなど話題にも出さずに、玲香は俺との距離を縮めるための努力を続けているようだった。パネル係の誰かから話が広がったのか、はたまた玲香自身が友達に話したのか、俺たちが親密になりつつあることは、クラスの連中にも知れ渡っており、周りが見守るムードに突入してからは、くっつくのも時間の問題といったような空気が流れ始める。

体育祭の日、そして打ち上げの日、もしかしたら玲香は俺に告白されるのを待っていたのかもしれなかった。しかし、現時点で俺にそのつもりはなかったし、紗雪に見られて以来、気のある素振りを示すことも注意深く避けていた。

体育祭が終わって一週間後、部活を終えて自転車小屋に向かうと、いつかの紗雪のように、そこに佇んでいる女子生徒がいた。水村玲香《みずむられいか》だった。

体育祭が終われば、それまでのように接点があるわけもなく、教室でそれなりに言葉は交わすが、この一週間の俺たちの関係は、それまでとは明らかに違っていた。紗雪に見られてからの俺の態度は、はっきりと変わったはずだ。それまで、お互いに好意を抱いているだろうと思っていた相手の態度が急に変わったのだ。訳が分からないまま彼女は悩んだだろう。

俺を見つけて、玲香は笑顔で片手をあげる。その笑顔に痛々しさを覚えたのは、きっと夕日のせいだけじゃない。

はっきりと言わなくてはいけない。こんな、なあなあの状態を続けるのは彼女を傷つけるだけだ。

「柚希《ゆずき》君、お疲れ。ちょっと良いかな。時間ある？」

心なしか玲香の声が震えているような気がした。

学校の隣には小さな川が流れている。自転車を引いてそこまで歩き、設置されたベンチに腰掛けた。もうすぐ日も暮れる。

『あの……』

二人の声が重なって、ドラマみたいなこともあるんだなと、俺たちは笑った。

「先にどうぞ」

「いや、俺、なんて言って良いか分からないし、そっちから頼む」

「うん。じゃあ、一応、整理してきたつもりだし、私から言うね」

玲香は俺の側の髪を耳にかけて、それから口を開いた。

「柚希君には彼女がいるって聞いて、諦めようと思って一週間は頑張ったんだけど、でも、やっぱり、そんなに都合よく自分の気持ちは殺せなくて」

「ごめん、ちょっと巻き戻して良いかな。あの、何で彼女のこと知ってんの？」

星乃叶の存在を知っている人間はほとんどいないはずだ。中学一年の一学期で星乃叶は転校してしまったし、俺は自分の話をするのが嫌いな性質《たち》だから、同じ中学の奴らでも俺たちのことを知っている人間は少ない。

「美蔵《みくら》さんに聞いたの」

「紗雪に？」

「うん。自転車小屋で会った次の日に話があるって言われて。柚希君にはずっと付き合ってる彼女がいるから近付かないでって」

「それ本当？　疑ってるわけじゃないんだけど……」

紗雪がそんな行動を起こしたということが信じられなかった。

「あの子のことを悪く言うつもりはないんだけど。『柚希を惑わせたら許さない』って言われちゃった」

紗雪がそんなことを玲香に言っていた……。

しかも、許さない？　駄目だ。普通に想像出来ない。

「あの子に見られてから、柚希君、私に優しくしないようにしてくれたでしょ？　ああ、本当に脈はないんだなって思ったよ。遠距離みたいだし、もしかしたらもう心はないのかもとか、都合の良いことも考えたんだけど。柚希君の態度で、はっきりと分かったもの。……でも、そういう優しさは凄く好きだなって思った」

玲香は真っ直ぐに俺を見つめている。

「可能性がないって分かっているのに告白するなんて、自己満足だって。そう思ったんだけどね。やっぱりどうしても言いたかったんだ。君のことを好きな人は、ここにもいるんだよって、ちゃんと知って欲しかった」

何と答えれば良いのか分からない。

「割とね、柚希君のことは高校に入った時から気になってたの。サッカー部って髪が長い人が多いし、チャラい印象だったんだけどさ。でも放課後に見ていたら違うんだって気付いて。部活の最後に、時々ミニゲームをやってるでしょ？　柚希君、凄い大きな声で皆に指示を出しながら試合をやってるじゃない。なんかもう格好良くて。失礼な話だけど、サッカーがあんなに真剣なスポーツだって思ってなかったんだ」

一つ一つの想いを噛みしめるように、玲香は言葉を紡いでいく。

「良いなって思った。この人、教室では大人しいのに、本当は熱い人なのかなって。なんかね、そんなことを考え出したら、どんどん気になっちゃって。今だから言っちゃうけど、芸術選択が美術の人間をパネル係にって案、あれ、私が委員長に言ったんだよね。同じ係になれれば、もっと喋ったり出来るかなって思って。途中までは作戦通りだったんだけどな」

笑顔を浮かべながら玲香は話していたけど、夕日に染まる瞳が滲《にじ》んでいることにも気付いていた。

「駄目だね。彼女のいる人を好きになんてなるわけないじゃんって思ってたんだけどな。そんな奴、ただのバカだって思っていたのに、もう抑え切れなかったんだよ」

俺が中途半端で因循《いんじゅん》な男だったからだ。

初めから迷ったりせずに、好意を受け入れたりしなければ良かったんだ。

「でも、柚希君のことを好きになれて良かった。私って結構、人を見る目がないのね。でも柚希君は仲良くなってみたら、想像以上に素敵な人だった。凄く好きになりました」

「……ありがと」

「もしも、彼女と別れたら教えてね」

おどけたように笑いながら、玲香はそう言った。

この子は、きっと善人なんだろうな。

ただひたすらに好きな人の幸せだけを願う。それはとても綺麗だし崇高だ。だけど心は悲鳴をあげる。痛みは涙になって零れ落ちる。

星乃叶は今、遠い街でどうしているんだろう。

俺が経験しているみたいな葛藤を、星乃叶も感じることがあるのだろうか。

今でもまだ傷つきやすくて、ナイーブで、人見知りばかりなのだろうか。
話したいことは沢山ある。
会いたい。会って、一緒に笑いたい。

その日の晩、俺は自分から星乃叶に手紙を書くことを決めた。あの日、東京で渡せなかったプレゼントに添えて、出来るだけ平静を装った文面を綴る。

さて、星乃叶からは、どんな返信が届くのだろう。

第四話

巡り合う星

1

星乃叶《ほのか》から返事がきたのは、手紙を出してから二週間後の七月のことだった。

案の定、GWの謝罪から始まり、どうしても披露宴を抜け出すことが出来なかったと記されていたのだが、正直、詫《わ》びの言葉なんてどうでもよくなるほどのサプライズがあった。その連絡はなんと手紙ではなくEメールだったのだ。

慧斗《けいと》さんが仕事のために自宅にネット環境を整えたらしく、星乃叶自身はやはり使い方がよく分からないらしいのだが、『お父さんがいる時には教えてもらってメールをするね』と、そんな風に書かれていて。

絵文字もないメールは、手紙に比べればずっと無機質さを感じさせるけど、それでも機械音痴なあいつが、苦手なりに頑張ってキーボードを打って、そうやって連絡を取ろうとしてくれたことが何よりも嬉しかった。

しかし、そんな喜びも続く文面の中で非常に複雑な気持ちへと変化する。慧斗さんが自宅にネット環境を整えた理由、それは仕事の都合でアメリカに移住していたからだったのだ。今でも十分過ぎるほどに遠距離だというのに、今度は海外……。

夏休みにアルバイトで旅費を稼ぎ、星乃叶の街に遊びに行こう。あのスタジアムでダブル・ジェラートを二人で食べよう。そんな計画を密かに胸に抱いていたのに、すべては完全に手遅れだった。高校生の俺に海外まで会いに行く行動力はない。

もっと早く教えてくれれば、学校を休んででも遊びに行ったのに、どうして、こんなに大事なことを事後報告で聞かなければならないのだろう。遠くアメリカに旅立つのなら、次に会える日がいつかも分からなくなるのなら、せめて空港へ見送りに行きたかった。何事も連絡が遅くなるのは星乃叶らしいといえばそうなのだが、こちらの気持ちも知らないでと思うと恨めしい。

もう星乃叶とは三年近く会っていない。あの別れの夜、距離が俺たちをこんなにも引き離すことになるなんて夢にも思っていなかった。

こちらからは聞きづらかったし、あいつから切り出されることもなかったから、現在の星乃叶の家庭の事情はよく分からない。継母との関係は心配だったが、何も言ってこないということは、それなりに上手くやっているのだろうか。

あいつが次にいつ日本に帰国出来るのかは分からないが、そのチャンスは絶対に逃したくない。そのためにもバイトでもして、咄嗟《とっさ》に動くための金を持っておこう。

そんな願いがどこかで因果律を生んだのか。夏休み前の大会で三年生が引退し、レギュラー争いに一年生も本格的に参加し始めた九月、俺は不幸に見舞われた。

その日、教室で玲香《れいか》に元気がなかったことが気になっていた俺は、部活の最中にも隣のテニスコートを窺っていたのだが、ゲームから目を離した隙にある小さな凡ミスを犯してしまい、それを取り返そうと強引なスライディングに入ったところで、相手の足に自分の足首を絡め取られてしまったのだ。ギプスが取れるまで三ヶ月、復帰まで一年近くを要する複雑骨折で、事実上、俺の高校サッカーは終焉《しゅうえん》を迎えた。

俺は部活動に青春のすべてをかけるような体育会系ではない。レベル的にも公立サッカー部のレギュラーが関の山だ。それでもサッカーが好きだった。部活動とか仲間とか、そういう付属的な要素ではなく、サッカーそのものが大好きだった。

図らずも部活を引退し、バス通学を余儀なくされた生活は一変する。

紗雪《さゆき》は俺に合わせて自転車通学をやめ、松葉杖《まつばづえ》で両手が塞《ふさ》がる俺の鞄を毎日持ってくれた。病院への通院にも付き合ってくれて、うちの父親に頼まれているからと、まるで姉のような顔で診察にまでついてきた。

放課後になると、いじらしく俺の鞄を持つために教室へやって来る紗雪の存在は、すぐにクラスで噂になる。

幼馴染？　隣に住んでいるの？

噂なんてものは簡単に尾ひれがつくわけで、すっかり俺の彼女のように紗雪は認知され、それ以降、俺が女子に携帯のアドレスを聞かれる回数はめっきりと減った。まあ、それはどうでも良い話なのだが。

年が明け、松葉杖から解放されても、何となく自転車に乗るのが怖くて、季節も冬だったし、俺と紗雪は一緒にバス通学を続ける。

高校一年生のバレンタインでは、水村玲香《みずむられいか》にだけ本命チョコを頂いて。

『今でも好きだから』

一言だけ、メッセージが添えられていた。

星乃叶の存在に遠慮してなのか、川辺で話して以来、玲香に積極的なアプローチをかけられたことはない。それでも、思い出したようにメールが送られてくることがあって、それが時に、あまりにも取ってつけたような用件だったりするものだから、彼女なりに諦められない気持ちに折り合いをつけようとしているのかなとか、玲香の気持ちを想い、胸は痛んだ。

時を同じくして、紗雪を通して星乃叶から手編みのマフラーを受け取った。

俺は勝手に星乃叶を不器用だと思っていたのだが、驚くほどに綺麗に編まれたそれは、首回りも心も温めてくれる。添えられていた手紙には、

『こっちでは結構モテるのよね、あたし』

なんて挑戦的な文面もあって。

玲香のメッセージとのあまりの対照性に、思わず笑ってしまったのだが、それでも、そういう強がりが星乃叶独特の照れ隠しであることも俺は知っている。

2

二〇〇七年、四月。

二年に進級する際、文理選択と理社の選択科目が一緒だった俺と紗雪《さゆき》は、必然的に同じクラスとなった。

春休み明けから再び自転車生活に戻り、時刻表から解放されると、自分が本質的には怠惰な人間であったことを思い知った。夜更かしが増えた結果、遅刻も増加し、緩々な生活は成績にまで影響を及ぼし始める。

部活をやっている人間の方が、限られた時間で集中して勉強するから総じて成績も良い。有名な統計だが、なるほど、それは真実の言葉らしかった。いきなり一学期の中間テストで赤点を連発し、この怠惰な生活の危険性を実感する。

テレビゲームに興じる。朝練がないからエンドレスにテレビに向かい続ける。結果、朝起きられずに遅刻が増え、授業中も眠気に襲われる。考察してみれば簡単なことだ。この負の連鎖の根源は、ありあまる時間にある。

松葉杖生活をしていた期間のお礼として紗雪と映画を観に行った際、アルバイト募集の張り紙を目にし、その場で面接を申し込んだ。

特に問題もなく採用が決まり、お金を稼ぐことの大変さを知る良い機会よと、遥《はる》さ《か》んは笑って言っていたが、シネコンでのバイトはそれほど大変ではなく。むしろアルバイト仲間の大学生お姉さん方に可愛がってもらったりもして、まんざらではない職場となった。

学校が終わるとすぐにバイト先へ向かい、十時まで働く。週五でシフトに入ったお陰で、仕事にはあっという間に馴れたが、以前にも増して勉強の量は減った。バイト明けは頭が冴《さ》えて眠れず、結果として朝起きてからも眠気は取れず、授業中に気付けば居眠りをしているというパターンが増加した。完全に本末転倒である。

俺だって大学進学を目指している。まだ二年生とはいえ、このままで良いはずがない。一念発起、期末テストでは奮起しようと、テスト勉強を始めたわけだが、何せ授業中は眠ってばかりいたわけで、開いたノートには真っ白なページが広がっている。

美蔵《みくら》家の食卓には、スノードロップの花が飾られている。うつむきながら咲くその花が、紗雪の昔からのお気に入りで、昔、星乃叶はかすみ草が好きだと言っていたし、二人はそういう後ろ向きな部分でもお互いに共鳴し合っていたのかもしれない。

食後、スノードロップに紗雪が水をやり終えたところを見計らって頼む。

「頼む、ノートを写させてくれ」

怪訝そうな顔で見つめられた後、

「嫌」

と、一蹴された。

「何でだよ。減るもんじゃないし良いだろ？」

「それなら授業で寝なければ良い」

同じクラスになったせいで、俺の怠惰はこいつに筒抜けだ。まさか星乃叶《ほのか》に報告してやいないだろうな。

「分かった。これからは授業中寝ないし、課題も自分でやるから。な？　頼むよ。英語だけで良いからさ。ノートがないと教科書、訳せないんだよ」

「絶対、嫌」

紗雪にしては珍しく感情的にそう言い放つと、あろうことか自室に戻ってしまった。

「何だよ、あいつ。感じわりいな」

愚痴りながらスノードロップの花弁を人差し指で弾くと、笑いながら遥さんがデザートを持って台所からやって来た。

「あの子、柚希《ゆずき》ちゃんに字を見られたくないのよ」

「何で？」

「下手だからね」

「そうだったっけ？」

「ほら、昔、笑われたことあるでしょ？　小学校一年生だったかな。夏休みの日記よ。後にも先にも、あの子が泣いたのなんて、あれぐらいしか見たことないもの」

言われて、ぼんやりと思い出す。

小学生になって最初の夏休み。絵日記を書かなきゃいけなくて、俺は紗雪と一緒にその宿題に取りかかった。

自分の日記を書き終え、紗雪の課題に目をやると、まだその文面は五分の一も埋まっていなかったのだが、その時、俺は確かに紗雪の字の汚さを馬鹿にした。今思えば、小学一年生の筆跡なんて、どんな奴だって五十歩百歩だ。しかし、俺は近くにあった遥さんの達筆なメモを手にしながら、お前は下手だと笑いながらからかった。

ほんの小さな悪戯心だった。紗雪の字を心底汚いと思っていたわけではない。事実、あいつが自分の字にコンプレックスを抱いていたなんて、今、初めて知った。

「大問題なのよ、女の子にとってはさ」

遥さんの作ってくれたカスタードプリンを口に運びながら、紗雪の消えた階段を眺める。あいつを女の子とか思ったことなかったよな。そんなことに気付かされた水無《みな》月《づき》の夜だった。

3

夏休み直前の日曜日、バイト先に琉生《るい》が遊びにきた。

それは約一年ぶりの再会で、バイトの後で話があると言われ、俺たちは駅前のいつものファミレスに入った。

「最近、調子はどうだ？」

「悪くはないな。琉生、お前は大学どこ目指してんだ？」

「今考えてるのは留学」

おいおい、秀才の話はスケールがでかいな。

「って、アメリカ？」

俺の切り返しに、琉生は苦笑した。

「お前、相変わらず俺が星乃叶《ほのか》を諦めていないって思ってるだろ？　いい加減、蒸し返すなよ。そんな理由で留学するか。まあ、行きたいのはアメリカだし、東海岸の方だけどな」

「ふーん。頭の良い奴は選択肢が多くてうらやましいことで」

「卑屈になるなよ。こっちだって努力はしてんだ」

「大学教授の息子に言われても説得力ねえよ」

そもそもお前は帰国子女じゃないか。

「柚希《ゆずき》は進学するのか？」

「そのつもりだけど、やりたいことも特にないしな。理系ならどこでも良いや」

俺には語れるような夢も、将来就きたい職もない。

「お前が星乃叶に会ったのって、いつが最後だ？」

「あいつが引っ越した時のお別れ会だよ」

「中一の夏か、もう四年近く経つんだな」

琉生は自分の掌を見つめる。

「柚希、お前は本当に今のままで良いのか？」

「何がだよ」

「無理してないか？」

「目的語がなきゃ分かんねえよ」

琉生は少しだけ表情を歪めて、それから口を開いた。

「それって本当に恋人って言えるのか？」

「そんなのお前には関係ないだろ？」

「俺には関係ないよ。でも、お前のことをずっと好きな女にとっては、無関係じゃないだろ？」

なんだか話題が鬱陶《うっとう》しい方面に移ってきたな。

「水村《みずむら》のこと言ってんのか？　何でお前が玲香《れいか》を知ってんだよ」

「誰だよ、レイカって。知らないよ、そんな奴」

「じゃあ、誰のこと言ってんだ？」

「俺が知ってるのは同じ中学の奴だけだ」

「だから誰？　うちに進学した奴は結構いるからな。悪いけど想像もつかねえよ」

琉生は失望でもしたかのように大きくため息をついた。

「はいはい、どうせ俺は鈍感だよ」

「そういう意味じゃないよ。相変わらず、美蔵《みくら》は対象外なんだなって思ったのさ」

「紗雪《さゆき》？」

それは想定外の返答だった。

「紗雪が俺のことを好きなのか？」

「そういう可能性だってあるだろっていう話。近過ぎて見えないんだろうな」

「紗雪って男を好きになるのかな……」

「お前は本当に失礼な奴だな」

「だって、そうだろ？　クラスに友達の一人すらいないんだぜ。二年になって、最初の頃は何人かの女子が話しかけてたけど、会話にならずに次々と諦めていったな」

「相変わらず一人ぼっちってわけか？」

「そう。友達なんて欲しくないんだろうな。過去にあいつが心を許した相手なんて星乃叶しかいないんじゃないか？　あ、でも、お前がいるじゃん。つーか、お前らはどうなんだよ。しょっちゅうメールしてるだろ」

「何で知ってんだよ」

「春まで一緒にバス通学してたからな。あいつが携帯いじってる時に誰かって聞くと、毎回お前だった」

「まあ、それは確かに俺だけどな。ほら、仲良し四人組？」

「誤魔化すな。俺は星乃叶と付き合ってる。お前はどうなんだ？　はっきり言え」

「ただの友達だよ」

「紗雪はお前のことが好きなんじゃないのか？　でなきゃ、あいつがわざわざ連絡取り合ったりするとは思えないんだけど」

物凄く他人に興味がない奴だからな。

あそこまで徹底していると逆に才能なんじゃないかとさえ思えてくる。

「残念ながら思い当たる節は無いな」

結局、何の実入りもないまま、というか、いったいあいつの話の本題はなんだったのかさえ判然としないまま、琉生との久方ぶりの再会は終わった。

星乃叶はいないけど、また三人で遊びに行こうぜと、琉生は言い残して。紗雪を遊びに連れ出すのも悪くはないなと思った。

星乃叶の元へまでは行けそうにないけど、琉生を一緒に連れ出せば、きっと喜んでくれるだろう。

4

バイトを始めてから、俺が美蔵《みくら》家に顔を出す頻度は減った。それでも休みの日や夕方でバイトが終わる土日の晩は、夕食を御馳走《ごちそう》になりに来ている。

もう父親が帰って来るまで美蔵家で待っている必要性もないのだが、何となく今でも、そのままリビングで課題をやったり、遥《はるか》さんと一緒にテレビを見たり、そんな習慣が継続していた。

紗雪《さゆき》はテレビをほとんど見ないから、大抵、ソファーで読書をしているか、ヘッドフォンで音楽を聴いている。つーか、あいつは一体いつも何を聴いているんだろう。何度か尋ねたのだが、紗雪は教えてくれない。

音楽番組を見ている時、後ろからあいつの視線を感じることもあるのだが、好きな歌手がいるのかどうかは分からない。音楽なら何でも良いというわけではないらしく、数少ない統計データから推察するに、どうやら紗雪はバンド音楽が好みらしいのだが、お気に入りのアーティストは見当もつかない。

その日、琉生《るい》と三人で遊びに行こうという話を切り出すタイミングを窺っていた。紗雪は俺より早く夕食を片付け、ソファーで珍しく携帯電話をいじっている。数分前に着信音が鳴っていたからメールだろう。相手は琉生だろうか。当然のように無表情で、その心はまったく読めない。

遥さんはお風呂に向かったところだ。今なら二人きりで話せる。ソファーに向かい、紗雪の隣に腰掛けた。

「何？」

怪訝そうな表情を浮かべた後、紗雪は携帯電話を閉じた。

「最近、忙しい？」

紗雪は真意を量るように、俺の目を見つめている。

「何の話？」

その時、リビングの電話が鳴った。

「……出ろよ」

完全に会話を遮られた形になったが、紗雪を促す。リビングにあるのは本体のため、コードレスではない。俺に背中を向けたまま、紗雪は受話器を取る。

「もしもし。……はい、そうです。…………うん。嬉しい。大丈夫だよ」

紗雪は相槌を打っているだけだが、随分と親しげな様子だ。いつもの紗雪とは心なしかトーンも違う。親戚か何かだろうか。

「……うん。今日は休みだって。…………いるよ。……良いよ。代わるね」

紗雪がこちらを振り返り、受話器を差し出した。

「え、何？　俺？」

「早く出て」

「つーか、誰？」

「話せば分かる」

いや、そんなことを言われても。クラスメイトが紗雪に電話を掛けてくるとも思えないし、琉生なら携帯に掛けてくるだろうし。

恐る恐る受話器を受け取る。

「もしもし、逢坂《あいざか》ですけど」

『柚希《ゆずき》！』

受話器の向こうでハイトーンな女性の声が躍った。

「え、誰？」

『ちょっと、本気で言ってんの？　何であたしの声、忘れてんのよ』

「え、ちょっとマジでごめん。え？」

『信じらんない。ちょっと会ってなかったからって、彼女の声を普通、忘れる？』

彼女？　じゃあ、この声は、

「星乃叶《ほのか》？」

『星乃叶？　じゃないわよ。もう。ひどいなー。元気だった？』

「ああ、っていうか、びっくりし過ぎて、何て言っていいか分からないんだけど……」

あまりにも唐突な出来事に、混乱していると自覚するだけで精一杯だった。

『柚希に聞きたいことがあって電話したの。中田英寿《なかたひでとし》って山梨の人だよね？』

「そうだけど」

『ほら、やっぱり。平塚《ひらつか》なんかじゃないわよね』

一体何の話だろう？

『ありがと。国際電話って高いから、もう切るね』

「は？　おい、待てよ。ちょっと、どういう……」

受話器の向こうで通話の切れる音がして、感情のない電子音だけが規則正しいリズムを刻み始める。

「星乃叶、何の用件だったの？」

「中田の出身がどうとかこうとか」

「それだけ？」

「ああ。国際電話は高いからって切られた」

「友達の家だって言ってたから、迷惑をかけたくなかったんじゃない？」

「でも、四年ぶりに喋ったのに話題が中田って……」

俺の失望ぶりが面白かったのか、紗雪は少しだけ笑った。

「でも、そういうの星乃叶らしいと思うけど」

まあ、確かに、それはそうなんだけど……。

翌朝、目覚めると、携帯電話が星乃叶からのメールを受信していて、どうやら中田英寿の出身チームのことで、友達ともめていたらしいと分かった。

友達とはアメリカ人だろうか。サッカーファンが少ないというアメリカでも、世界の中田は認知されているようだが、しかし、Jリーグ時代の出身チームということであれば、正解は平塚なわけで、訂正しようかとも思ったのだが、嘘を教えたと逆ギレされそうな気もしたので、放置することにした。

代わりに今度は、星乃叶にアメリカでの友達の話を色々と聞いてみよう。少なくともその方が会話は弾むだろう。

5

『美蔵《みくら》のことで相談がある』

そんなメールを琉生《るい》から受け取ったのは、星乃叶《ほのか》と電話で話した翌週のことだった。

シネコンには映画上映までの時間をつぶすため、様々なスペースが用意されている。バイト終了後、まかない料金でホットドッグとドリンクを二つずつ購入し、壁に向かって設置された席に琉生と並んで座った。

「最近、調子はどうだ？」

琉生は久しぶりに会うと、いつもこの台詞だ。

「良いよ」

「その答えは初めて聞いたな。まあ、調子が良いのなら幸いだ」

「お前はどうなんだよ？」

「どうだろうな。ああ、部活を辞めたよ。音楽の才能が自分に無いことは分かった」

飽きっぽいというか、見切りが早いというか。野球、サッカー、バンドときて、大学に受かったら次は何に手を出すんだろう。

「それに受験があるからな。留学するつもりだって言ったろ？　英語、得意じゃないんだ。必要とされる語学レベルには、まだ全然達していないし、時間は幾らあっても足りない」

「あれ？　お前、イギリスに住んでなかったっけ？　ハイバリーで試合を観たことがあるって言ってたよな？」

「イングランドに住んでたのは半年だけだよ。残りは北欧だ。英語圏じゃない」

なるほど。確かに帰国子女なら誰もが英語を喋れるとは限らない。

「この前な、星乃叶から電話がきた」

琉生は特に驚いた様子もなく、「ふーん」とだけ相槌を打った。

「どうだった？　変わってたか？」

「声はちょっとな。話し方も女子高生っぽくなったっていうか、昔と比べて少し軽くなったような気がする」

琉生は俺を見つめながら少しだけ考えていたが、それから、

「あまり嬉しそうじゃないな」

そう告げた。

その言葉は正直、心外だった。

「いや、嬉しかったよ。つーか、ここ何日かは舞い上がってたし、お前に会って落ち着いたんだよ。お前の前で浮かれていると手痛い一言をお見舞いされそうだしな」

その言葉に琉生は少しだけ笑った。

「で、お前の話って何なんだ？　紗雪《さゆき》のことなんだろ？」

本題に入ろう。今日の目的はこいつの話を聞くことだ。

「柚希《ゆずき》。お前は優しい嘘って必要だと思うか？」

「お前って、時々そうやって意味が分からないことを言うよな」

琉生の眼差しは真剣というより深刻といったもので、何か深く思いつめたことがあるかのような表情だった。

「あのな、俺、美蔵のことが好きなんだ」

「はあ？」

思わず声が裏返ってしまった。言葉の意味がよく分からないのだけれど……。

「まあ、そういうことだ」

「そういうことって言われても。え？　何で？　ギャグ？」

「失礼な奴だな」

「だって意味分かんねえよ。何で？」

「意味も何もないだろ、そのまんまだよ」

「お前、それ本気で言ってんの？　お前が紗雪を好きだってこと？　それ、恋愛の話じゃないよな？」

「恋愛の話だよ」

ちょっと待ってくれ。整理しよう。

……いや、無理だ。与えられている情報が少な過ぎる。手持ちの前提条件では証明出来ない。

「お前、本当に紗雪が好きなの？」

「ああ」

「ギャグじゃなくて？」

「ぶっとばすぞ」

憤懣《ふんまん》やる方ないとは、今の琉生みたいな人間の心情を言うのだろうか。

「いつから？」

「昔からだよ」

「昔っていつだよ？」

「ずっと昔」

紗雪が携帯電話を持ったのは、卒業式の後だ。高校の合格祝いとして、うちと美蔵家とで一緒に買いに行ったのだ。紗雪の携帯電話に登録されている人数は、おそらく二桁《けた》に届かない。だけど、そんな数少ない電話帳に名前を連ねている一人が琉生だ。こいつらは、いつ連絡先を交換したのだろう。俺は関与していないから、自発的にどこかで会って交換したのだということになる。

そうすると琉生はその頃、つまり一年半前には紗雪を意識していたということだろうか。いや「ずっと昔」と言うぐらいだ。もっと前から意識していた可能性はある。

俺と琉生は中学二年からクラスが別になったけど、紗雪と琉生は三年間同じクラスだ。

「あのさ、急に黙り込むのやめてくれないか」

延々と今までの二人の様子を思い出していたら、琉生が不満そうに言った。

「ああ、ちょっと混乱してて、処理するにはメモリが足りなかったみたいだ」

「お前、さっきから何気に失礼な言葉を連発してるからな」

「つーかさ、その逆はあるかなって思ってたんだけど」

「逆って何だよ」

「紗雪がお前を好きってことだよ」

俺の言葉に琉生はため息をついた。

「お前は本当に人を見る目がないな」

「失礼な」

「もしもそうなら相談なんかするかよ」

そりゃ、まあ、確かにな。

琉生は本音を人に晒《さら》すことを極端に嫌がる、そういう面倒臭いタイプだ。

「ってことは、協力して欲しいってことだよな」

琉生は不本意そうな顔を見せながら、それでも頷いた。

「つーかさ、もう一回確認して良いかな？」

「何だよ」

「ドッキリとかじゃないんだよな？」

「本気でぶっとばすぞ」

琉生に怖い顔で睨まれて。世の中には不思議な出来事が沢山ある。まだ整理し切れていない頭で、ぼんやりとそんなことを思った。

6

協力するとは言ったものの、機をみて紗雪《さゆき》に琉生《るい》の話題を振ってみても、まるで関心を示されず、いや、それは今になって考えてみれば昔からずっとそうなのだが、俺は逆のパターンを想定していたから、紗雪は照れてぶっきらぼうになっているのだと思っていた。しかし、琉生の気持ちを知ってから状況を整理してみれば、なるほど、琉生は紗雪にまったく相手にされていないようだった。

好きな女にアプローチをかけて、返ってくる返答がいつだって『紗雪らしいもの』

なのだとしたら、俺なら速攻で心が折れる自信がある。そう考えてみると、琉生の趣味はなかなかに特異なものだと言えた。

タイムマシンが猫型ロボットの世界で発明された二〇〇八年。

星乃叶《ほのか》からは時折、写真が同封された手紙が届くようになり、穏やかな眼差しを見せる彼女に励まされながら、受験勉強に情熱を傾けていく。

三月にアルバイトを辞めて予備校へと通い出し、神奈川のとある私立大学への進学を目指した。修学旅行で見た横浜《よこはま》の夜景が綺麗だったからという、非常に安直な志望動機であり、我ながら薄っぺらい人生だと思う。

紗雪は同じ神奈川でも、国公立の工学部を目指していた。一学期の時点でB判定を叩き出しており、夏休み明けの全国模試では、早々にA判定を勝ち取っている。高校に入学した時点で既に俺たちの学力差は歴然としていたわけだが、こうまで見事に数値として見せつけられると、さすがにめげそうになる。

留学予定の琉生は、時々うちに遊びに来がてら英語を教えてくれたりもして、そんな時は大抵、同じ部屋で紗雪も一緒に勉強していたから、琉生に言わせればアピールのついでということらしい。

一番の勉強法とは、人に教えることなのだろう。英語の苦手な俺にそれを教えることは、琉生自身がより精度の高い文法理解に至るためにも貢献したようだった。

琉生や紗雪の助けを借りつつ、星乃叶からのメールにも励まされつつ、それこそ休日、平日を問わずして一日十時間は机に向かい、夏休み明けにはC判定、年の瀬にはB判定まで昇りつめていた。

落ちることが分かっていても、形だけでも国立を目指した方が、親の心証も良いだろう。そんな打算計算も含みつつ、首都圏以外に進学するつもりはなかったから、紗雪と同じ大学の一番偏差値の低い理系の学部に願書を提出していたのだが、なんと俺は後期試験で合格を果たしてしまった。

これには友達のみならず、学校の先生も、予備校の講師も、皆一様に驚きまくっていた。二発しか装塡《そうてん》出来ない下手な鉄砲でも、百分の一回目が最初にくることだってあるわけで、学部、学科に対するこだわりがなかった俺は、迷わず国立への進学に切り替える。国立に受かったことで、当初予定されていた俺への生活費は一万円プラスになった。たかが一万、されど一万。学生にとっては大金である。

そんなわけで、ずっと琉生や紗雪を横目で見ていた俺は、勉学に対する自信も向学心もなかったわけだが、おいおい、勉強って結構良いかもなんてことを齢《よわい》十八にして思ったりもしたのだった。

我ながら単純な男である。現代病として蔓延《まんえん》しても、鬱病にはなれそうもない。

紗雪は前期入試で余裕の合格を果たしており、何だかんだで俺たちは幼稚園から大学まで、同じ学校に通うことになった。もう、ここまでくると運命だと言われても信じたくなってくる。そんなことを思い、少しだけ後ろめたさを感じながら星乃叶に大学合格の知らせを伝えたのだが、俺の心配とは裏腹に、星乃叶は俺と紗雪が同じ大学に通えることを、ただ純粋に喜んでくれていた。

俺が紗雪と同じ大学に進学することが決まり、両家の親は紗雪が予約していたアパートをキャンセルして、俺たち二人をルームメイトにするという計画を立てる。

どうせ兄妹みたいなものだし、横浜の家賃は高いし、個室があれば問題ないだろうとは遥《はるか》さんの談だが、まあ確かにそれはその通りで、紗雪がいれば俺が羽目を外す心配もないと、うちの父親も同意した。

日曜日、両家五人が夕食の席に着いた際、その案が披露される。

「良かったな、これで自炊の心配がいらないぞ」

と、いきなりうちの父親は料理を紗雪に押し付けようとしており、俺もまあ、親にかける金銭的な負担が軽減されるのならと同意しかけていたのだが、最後の最後で紗雪がその案を拒絶した。

俺はともかく、娘に案を拒否されるとは夢にも思っていなかった遥さんは、随分と納得のいかない表情を見せていたのだが、結局、最後まで紗雪が折れることはなく、俺は紗雪が予約していたアパートの別室を借りることになり、またしてもお隣さんということになった。

そうして、二〇〇九年の四月、俺たちの新しい生活は始まった。

気が付けば、星乃叶と遠く離れてから、五年半の歳月が流れていた。

7

一回生のうちは一般教養科目の履修がメインとなる。同じ高校からこの大学に進学したのは俺たちだけだったし、特に親しい友達も出来ていない。

二人で相談しながら履修科目を決め、一週間の半分ほどの講義を一緒に受講することになった。

紗雪《さゆき》は綺麗好きだったし、基本的に持ち物が少ないため、いつ訪ねても部屋が整然と片付いている。あまりにも殺風景な部屋に居たたまれなくなり、ある時、学校帰りにＵＦＯキャッチャーで、人形を取ってやった。紗雪はそれを玄関に飾っていて、そんな場所に置くのなら、もうちょっと素敵な物をプレゼントしてやれば良かったと少しだけ後悔する。

朝食はパンにバナナ、昼食は基本的に学食と、三食のうち二食までは形が決まっていたのだが、問題は夕食だった。毎晩、外食やコンビニ弁当で済ませられるほど、生活費をもらっているわけではない。高校の時にバイトで稼いだお金は、夏休みのアメリカ旅行につぎ込む予定だったから手をつけられない。

結論として、まあ、両家の親は最初から予想していたのだろうが、俺と紗雪は夕食を共にすることになった。俺は母親がいないこともあり、遥《はるか》さんに料理の手ほどきを小さい頃から受けていた。突発的にお腹が空いた時に作る夜食や、簡単な朝ごはんメニューなどである。そんな事情もあり、俺は男子にしては料理の出来る男だ。

紗雪は子どもの頃から小食で、偏食家な上に、そもそも食に関心がないから料理を苦手としている。それでも大学合格を決めてから毎晩受けていた遥さんの特訓のお陰で人並み以上にはなっており、俺たちは食材を割り勘にして、ローテーションで夕食を二人分作ることに決めた。

浮気したくなっちゃうと思うからサークルには入らないでと、星乃叶《ほのか》に言われていたこともあり、本当は遊び程度にサッカーを再開しようかとも思っていたのだが、課外活動の団体には所属しなかった。紗雪もまた言わずもがなで。

俺には何人か学科に友達が出来たが、皆、実家通いだったこともあり、大学生活が始まるなりいきなり深い付き合いになるということもなかった。

しっかり四年間勉強して、きちんと自分のやりたいことを見つけよう。予想外の大学に合格したことで目覚めた向上心は継続していたらしく、噂に聞くような華やかで退廃的な学生生活とは裏腹な、堅実で健全な大学生活を送っていた。

五月になり、一度だけ水村玲香《みずむられいか》と会ったことがある。玲香は東京の私立短大に進学しており、一度、近況報告のために会おうという話になったのだ。

会うのは約二ヶ月ぶりのことで、私服のせいなのか、化粧のせいなのか、随分と彼女は大人びて見えた。受験シーズンの頃から伸ばし始めた髪は肩まで届いており、それが玲香をより大人っぽく見せている。

まだ化粧にも慣れていないのだろう。もう少しナチュラルでも良いのにと思ったが、それを口に出すのはやめておいた。

「今ね、大学に好きな人がいるんだ」

玲香は少しだけ苦笑いを浮かべながら、淡々とそう言った。

「あ、柚希《ゆずき》君のことを嫌いになったとか、そういうことじゃないからね。やっと諦めがついたというか、前に進まなきゃって思えたっていうか」

「良いよ。フォローしなくても」

そうは言ったものの、若干の寂しい気持ちも俺の中には芽生えていて、つくづく男とは身勝手な生き物だ。『女の恋愛は上書き保存、男の恋愛は名前をつけて保存』とは上手く言ったものである。

「どんな人なの？」

「テニスサークルの先輩。私の方がテニスは上手いんだけどね」

玲香は高校最後の年、大会でも良いところまで進んでいたし、遊びでやっている連中には負けないだろう。

それにしても、『浮気したくなっちゃうと思うからサークルには入らないで』という星乃叶の言葉の何と適切だったことか。自分が流されやすい性格だとは思わないが、余計な誘惑はない方が良い。

「柚希君は今も遠恋？」

「そう。相変わらず」

「そっか。凄いなー」

多分、本当に何の他意もなく玲香は呟いて、俺たちは本当の意味での友達になったのだと思った。

「ねえ、浮気って言うとニュアンス悪いけど、ずっと会えていないわけでしょ？　誰かに心が揺れたりしたことってなかったの？」

「そりゃ、あるよ」

「あ、あるんだ。まさか、大学にそういう人がいるわけじゃないよね？　そしたら割とショックなんだけど」

軽く笑ってしまう。玲香の危惧《きぐ》も、急速にくっつき始めた周りの学生たちを見ていたら、理解出来ないこともない。だけど正直なところ、俺が一番迷ったのはほかならぬ玲香の時だった。

「内緒。でも、今更、浮気なんてしないよ。会えないからほかの子を好きになるのなら、きっともうとっくになってる」

ここまでくれば意地みたいなものだってある。俺は星乃叶を想って六年間を過ごしてきた。その時間をなかったことになんてしたくない。

もしも星乃叶と出会っていなければ、俺と玲香の歩く道は同じだったかもしれない。そんな未来だって俺の選択肢の中にはきっとあったはずだ。だけど俺はそれを選ばなかったし、これから先も選ばない。

8

六月に入ってすぐ、夏休みの旅行プランを紗雪《さゆき》に話した。

一人でも星乃叶《ほのか》を訪ねるつもりだったが、やはり初めての海外旅行には不安がある。紗雪が外人と笑顔でコミュニケーションを取っている姿は想像出来ないが、あいつの語学力は俺より断然上なわけで、一緒に旅立てるのであれば心強い。

紗雪は迷う素振りも見せずに同意してくれて、俺たちはパスポートを取得した。

旅行は向こうの大学が始まるのが九月だから、八月中が良いだろう。日程を決めてから先は、友樹《ともき》さんが手配をしてくれるというので頼んでしまった。

アメリカへ行こうと思っていることを星乃叶に知らせると、宿泊先はこちらで探しておくから心配しないでと、久しぶりに手紙で返事が送られてきた。写真も同封されていて、『綺麗になったからって見落とすなよ』なんて軽口が添えられていた。背景は白い壁だったからどこで撮ったものなのかは分からなかったが、星乃叶の姿は、やはり綺麗で、ようやく会えるのだと思うと、本当に毎日のように胸は高鳴った。


八月の頭には前期の試験が終了し、レポートも提出し終わると、晴れて自由の身となる。そんなある夜、久しぶりに琉生《るい》から連絡が入った。

琉生は希望の大学に入学するために、留学を一年遅らせており、今は山手線沿線の親戚の家に居候しながら、東京の語学学校に通っている。

『どうしても会って話したいことがある』

俺の携帯は意味深なメールを受信していて、俺たちが引っ越して早々の頃に、一度、琉生は遊びに来たのだが、連絡を取るのはそれ以来だった。

待ち合わせの駅では、既に琉生が待っていた。

数ヶ月ぶりに会う琉生は何だかやつれて見えて、眠れていないのか、はたまた泣きはらしたのか、目が軽く充血している。

何か紗雪とのことで相談でもあるのだろうか。正直、力になれそうにないけど、まあ、話を聞いてやるぐらいはしてやろう。そんなことを考えていたのだが、案内された先はバス停だった。

バスを待っている間、琉生は一言も喋らず、ただひたすらに携帯電話でメールを打っていた。その後、行き先も告げられないまま路線バスに乗り込み、やはり琉生は無言で流れる景色を見つめていたのだけど……。

「アメリカに行くって本当か？」

つり革に摑まりながら、不意にそう質問してきた。

「ああ。一週間くらいかな」

「出発はいつ？」

「二十一日の便。ま、土産ぐらいは買ってきてやるよ。星乃叶の可愛い写真を撮れたら、お前にも特別に分けてやろう」

「三日後か……」

抑揚無くそれだけ呟くと、琉生は窓の外に再び目を移した。

十分ほど、バスに揺られただろうか。郊外でバスを降りても琉生は行き先を告げず、黙々と俺の前を歩き続けた。

「なあ、どこに行くつもりなんだよ」

暑さと先の見えない展開にいらつき始めた時、ようやく琉生は足を止め、目の前の施設に目を向ける。

「この病院に用事があるのか?」

「いや、隣だ」

病院の向こうに目をやると、そこには七階建ての大きな施設が併設されていて、建物の表札には、『特別介護施設サンセット』と記されている。老人ホームか何かだろうか。病院とその施設は間に道路を挟んでいるが、三階の辺りで通路が繋がっていた。

琉生の後に続いて施設に入る。

洒落たエントランスの中央には巨大な水槽があって、色鮮やかな熱帯魚たちが優雅に泳いでいた。清潔で広々とした建物の中には、所々に車椅子の患者らしき人間がいたが、その年齢層はまちまちだった。老人ホームというより、病院といった表現の方が相応しいように思える。

広く清潔な廊下を歩き、琉生が向かった先はエレベーターだった。

「お前、ここには昔からよく来るの？」

「何回か顔を出したことはある」

相変わらず曖昧なことを……。

琉生のことだ。これ以上尋ねても、どうせろくな答えは返ってこないだろう。それでも目的の部屋へと辿《たど》り着けば、思惑も分かるはずだ。

黙って後ろを付いて行くと、三階の角部屋の前で、琉生は立ち止まった。

「ここ？」

琉生は軽く頷き、険しい表情のまま、憐れむような眼差しで俺を見つめる。

「何だよ、気持ち悪いな」

「柚希《ゆずき》。俺はお前を信じてる」

「何言ってんだ、お前？」

「この向こうで目にするそれが何であったとしても、俺はお前を信じてるから」

「意味分かんねえよ。はっきり言えよ」

この場に至っても、俺はこいつが何を言いたいのか、さっぱり分かっていなかった。

琉生は一歩だけ横に移動する。そして、琉生自身によって隠されていた部屋のナンバーとネームプレートが目に入った。


『三〇九号室　舞原《まいばら》　星乃叶《ほのか》　様』


何かの冗談だろうか。

最初に思ったのは、そんなことだった。

からかわれているのだろうか。

続けて頭に浮かんだのは、そんな言葉だった。

俺はここが何の施設なのか分かっていない。『特別介護施設』なるこの建物の名称が何を意味するのかも知らない。

星乃叶はシカゴに住んでおり、俺たちは三日後、星乃叶に会いに旅立つのだ。

今、このタイミングで日本にいるはずがない。

「……あいつが一足早く日本に帰国していたってことか？」

俺の言葉は見当違いなんだろう。そんなことは百も承知だったが、貧困な想像力ではそんな解答しか見出せなかった。

「入ろう。俺も上手く説明出来ない」

呟いた琉生の声は驚くほどに覇気がなくて。

頭の中のどこかで、この世の終わりのスイッチが入る音を聞いたような気がした。

幕間　初恋彗星

1

美蔵《みくら》紗雪《さゆき》が逢坂柚希《あいざかゆずき》と出会ったのは、三歳になったばかりの頃だった。ある日、突然、一緒に暮らすようになり、毎晩、眠る前に隣の自宅へ帰っていく不思議な幼馴染は、友達というより兄妹のような存在だった。

四歳になり、二人は同じ近所の幼稚園に入園する。紗雪はいつも教室の隅で絵本を開いている大人しい園児だったが、柚希は先頭に立って庭に駆け出す元気な男の子だった。

その年の六月、アメリカでワールドカップが開かれ、決勝の舞台で勝敗の行方はPK戦にまでもつれ込む。

熱狂する柚希の隣で、紗雪は共にその試合を観戦していて、イタリアの五人目のキッカー、ロベルト・バッジョのシュートがクロスバーを直撃した瞬間、二人は手を繋いでいた。柚希の汗を手の甲に感じながら、遠く異国の地で行われた未曾有《みぞう》の祭典に紗雪は見入っていた。

柚希は外で遊ぶことや身体を動かすことが大好きなアウトドア派だったが、紗雪は齢《よわい》一桁にして太陽が嫌いというインドア志向で、学び舎を同じくしていたとはいえ、そんな二人が共に遊ぶなどということは考えられず、幼稚園での二人はいつもバラバラだった。それでも、帰宅時刻になれば、迎えに来た紗雪の母、遥《はるか》の車に乗せられ、二人は共に帰途につく。

後部座席に二人で並ぶことも、夕食の席で隣に座ることも、呼吸をするみたいに自然なことだった。

小学生になっても無口で、友達がいない紗雪は、いつしか男子のからかいの対象になっていく。紗雪に過度のちょっかいを出し、どこまで見逃されるかを競うという、実に低レベルな男子たちの遊びは何ヶ月か続いた。

いつからだろう。気が付くと『病原菌』というあだ名を男子につけられ、自然と女子からも避けられるようになっていた。

親しい仲間がいないことは、昔から変わらない日常の風景だったが、少なくともからかいの対象になるのは不本意だったし、不愉快でもある。紗雪は気付けば一人になってしまうのではなく、いつでも一人でいたい少女だったからだ。だが、生来の消極性が、事態の解決手段を紗雪に与えなかった。

なすがままの状態に嫌気が差し、時折表情を歪めて抵抗を見せても、機微の分からない男子たちにその無言のメッセージは届かない。

そんな日々が続いた小学三年生のある日、不意に助けが訪れる。昼休み、クラスメイトにからかわれているところを、偶然、隣のクラスの柚希が廊下から見つけたのだ。そして、そこで小さな事件が起こった。

紗雪の件に関して猛烈に抗議をした柚希と、それを認めようとしない男子たちの間で小競り合いが生じ、やがてそれは軽いクラス間での闘争に発展してしまう。運動会や体育の授業を通じて、もともと紗雪のクラスと柚希のクラスの仲が悪かったこともある。柚希の担任が、自クラス至上主義の直情型の教師だったこともある。渦巻いていた様々な要因も絡めながら、クラス間の抗争は勃発《ぼっぱつ》してしまったのだった。休み時間の遊び場所の取り合い、下校ルートの占有権、実に小学三年生レベルな闘争ではあったが、クラス間の争いはしばらくの間、続いていく。

事態の発端となった人物でありながら、実際には完全に蚊帳《かや》の外だった紗雪は、一連の抗争がどんな風に幕を閉じたのか知らない。誰かが教えてくれることもなかったし、紗雪が誰かに尋ねるということも有り得なかった。しかし、それでも紗雪は、ある一つの解答に辿り着いていた。

クラスの誰に避けられても、どんなに汚い濡れ衣《ぬれぎぬ》を着せられても、柚希だけは普通に接してくれる。いつだって柚希だけは自分のことを認めてくれる。

放課後の帰り道、ほかの生徒の影を感じながら、柚希と並んで歩いて、そんな時、初めて誰かと一緒にいることに喜びを感じた。『しあわせ』という短い言葉の本質を、紗雪は知った。

逢坂柚希だけが特別な存在であるということ。それは事実ではなく真実だった。

世界に何の興味もない自分にとって、ただ一人だけの特別な存在。柚希がいるから、自分はこの世界と繋がっていられる。柚希がいるからこそ、この呼吸が続くことに意味はある。


誰にも気付かれない孤独な場所で、たった一人、幼い日の紗雪は決意を固めていた。

逢坂柚希を自分が守る。最後の瞬間まで、自分だけは柚希の味方でいる。

深く胸に刻まれた紗雪の決意は、時がどれだけ経過しても色褪せることはなく、その炎が揺れることもなかった。紗雪は柚希だけを見つめて生きてきた。

2

小学六年生の五月、舞原星乃叶《まいばらほのか》という名の美しい少女が転校してきた。

その凛とした佇まいは、女子たちの眼をも十分に惹きつけていたわけだが、男子にいたっては初日のうちにその何人もが虜《とりこ》にされていた。

転校生自身には何の興味もなかったが、斜め前の座席で柚希《ゆずき》が少女に釘付《くぎづ》けになっていることに、紗雪《さゆき》は誰よりも早く気付いていた。

柚希はあの転校生に心を奪われ、いつもその姿を目で追っている。やがて紗雪は、それが物語の中で語られる『恋』というものなのだろうと気付き、なるほど、柚希はああいう少女を好きになるのだなと理解した。


星乃叶が転校してきてから二週間が経過して。

夏が近付き、蒸し暑さに教室中の空気が重くなり始めた頃、週番だった紗雪は、クラス担任にある頼みごとをされた。星乃叶は三日連続の欠席で、今週は一度も学校に登校していない。三日分のプリントを渡され、教えてもらった星乃叶の住所は校区の外れだった。

学校帰りに回り道をして寄っても良かったのだが、紗雪はそこで柚希のことを思い出す。今晩もガジュラの散歩で一緒に出掛けるだろう。どうせなら柚希にプリントを渡させてあげよう。仲良くなるきっかけもないようだし、きっと喜んでくれるはずだ。

結局、その思い付きは柚希に断られたわけだが、プリントを届けに出向いた先で、事態は予想外の展開を迎える。星乃叶が継母を殺害しようとしており、当然、柚希は彼女を止めたのだが、結果的に責任を取れと迫られることになったのだ。

舞原星乃叶の事情は分からない。特に知りたいとも思わない。けれど、彼女は家にいられないと主張しており、柚希は星乃叶と仲良くなりたいと思っている。加えて、この状況は柚希を切迫させている。

星乃叶の面倒をうちで見れば、柚希も仲良くなれるだろう。紗雪にとっての判断材料はそれだけで十分だった。

「うちに来れば良い」

という言葉にも、それ以上の他意は無かった。けれど……。

その時、発した何気ない一言こそが、紗雪たちの運命を変えたのだろう。

幸せも、不幸せも、すべては、その時から始まっていく。

紗雪が舞原星乃叶を家に連れてきたのは、柚希のためだった。

星乃叶自身の身の上がどれだけ不幸なものであったとしても、紗雪にとっては、アフリカの地で子どもたちが飢餓で苦しんでいることと大差のない対岸の火事で、完全に関心の範疇《はんちゅう》外だった。しかし、悲しいまでに星乃叶自身には何の関心もなかったはずなのに、予想外に始まった共同生活は、紗雪を大きく変えることになる。

継母にいたぶられ続けた結果、星乃叶は他者に対して絶対的な警戒心を抱くようになってしまった。そんな彼女にとって、まったく干渉しようとしてこない紗雪は、最高に居心地の良い相手だった。誰とも関わり合いたくない。だけど、一人でいるのも嫌。星乃叶にとって、紗雪は確かに必要な同居人だった。身体の傷が癒え、愛情に深い遥《はるか》の優しさに触れ、やがて星乃叶は紗雪にべったりと懐くことになる。

登下校はもちろんのこと、学校でも、家に帰ってからも、二人はずっと一緒だった。紗雪が星乃叶に干渉しないように、星乃叶もまた紗雪に無理に話しかけることはなかった。星乃叶は紗雪の隣で、自分を拒絶しない人間の体温をただ感じることで、心を回復させていった。

身体の距離は、やがて心の距離をも縮めていく。星乃叶は少しずつ、しかし遠慮がちに紗雪に話しかけるようになるのだが、その頃には生まれて初めての友情というものを紗雪もまた感じ始めており、不器用ながらも二人の絆《きずな》は確実に育まれていく。星乃叶は自分というものを確固として持っている紗雪を好きになり、紗雪もまた、自分を尊重してくれる友人に信頼を預けたのだ。

星乃叶にとって、柚希は当初、警戒の対象だった。毎晩、夕食を食べにやってくるクラスメイト。ただでさえ新しい住居の住人に対して神経質になっていた星乃叶にとって、異性の男子である柚希は分かりやすい異分子であった。

だが柚希は他人への距離感の取り方が抜群に上手い小学生だった。幼少時より美蔵《みくら》家に世話になっていたわけだが、それが当たり前のことではないのだという事実を、父の健一《けんいち》より口酸っぱく教え込まれており、美蔵家の両親に敬意を払うこと、女子である紗雪に対して公私を問わず紳士であること、柚希はそれらの社会的な常識を十分に教育されていた。

その賜物でもあったのだろうが、柚希の星乃叶に対するスタンスは絶妙なものだった。警戒心を剝《む》き出しにしている彼女に近寄り過ぎず、しかし無視することもなく、自分の中にある好奇心を殺しながら、節度ある距離を保つ。それは星乃叶に対する限り、間違いなくベストなスタンスだった。

美蔵家の三人に打ち解けた後、星乃叶はほどなく柚希にも心を許す。そして、その心の近付き方は、紗雪たちに対するそれとは一線を画していた。

常に真摯《しんし》な態度で接してくれる異性のクラスメイト。そんな柚希に、星乃叶は恋をしたのだ。弱っていた星乃叶の心は急速に愛を欲していた。自分を認め、守ってくれる人が欲しかった。美蔵の家と紗雪と柚希と。新しく自分を取り巻き始めた環境に、星乃叶は埋もれたかったのだ。


それは夏休みの二日前の出来事で。

柚希が自宅に帰った後、紗雪の部屋で二人は寝そべっていた。一番小さな灯りだけを残した薄暗い部屋の中。

「もう寝てる?」

少しだけ緊張した声で星乃叶が尋ねてきた。

「ううん。起きてる」

眠そうな声で、それでも紗雪は答えて。

「紗雪にね、頼みたいことがあるの」

紗雪はベッドから起き上がり、床の上に敷いた布団に寝転がる星乃叶を見下ろす。

「あたしね、柚希のことを好きになったみたい」

好き？　……柚希を？

軽く胸に手を当てる。

「ねえ、紗雪は柚希のこと、どう思う？」

チリチリと心臓のあたりが痛んだ。

「……どうって？」

なんと答えて良いか分からず、紗雪は質問に質問を返した。

「柚希は良い奴だよね？」

「……そう思う」

「そっか。やっぱりか。良かったぁ」

星乃叶はホッとしたように一つ大きく息を吐いた。

「紗雪って柚希の親友だよね？　あたしが柚希を好きなこと、あいつに伝えてもらえないかな？」

「私が？」

「うん。目を見て言う自信がないんだ。本当は自分で言いたいけど、紗雪にだったら託せるし」

痛む胸を押さえながら、星乃叶の言葉を反芻《はんすう》してみる。

自分は星乃叶のことが好きだ。柚希のことも好きだ。自分が好きな二人が隣で並ぶのならば、それはとても素敵なことだと思う。

「分かった」

「本当に？　やった。ありがと、紗雪、大好き」

星乃叶に抱きつかれ、紗雪はベッドに再び倒れ込む。

そうか。この感情は、そういうことだったのか。

星乃叶の温もりを感じながら、紗雪はようやく気付き始めていた。

チリチリと胸が痛む理由、それはきっと……。


一学期終業式の前夜だったその日、三人でのガジュラの散歩を終え、柚希が父親と共に美蔵家を出た後、紗雪は星乃叶の視線を感じながら外へと出た。

「柚希」

逢坂《あいざか》家の門に手を掛けた父親の隣、ぼんやりと夜空を眺めていた彼を呼び止めた。

「ん？　どうした？」

「話がある」

柚希は父親を見上げ、

「遅くならずに帰るから、鍵《かぎ》開けといて」

そう言うと、紗雪の元へとやって来た。

「話って何？」

健一が家の中に入ったのを確認してから、紗雪は星乃叶の想いを告げようとした。

すぐに告げるはずだった。

「ん？　どうした？」

うつむいたまま口ごもる紗雪に、柚希は先を促す。

今、自分が星乃叶の想いを告げれば、二人は付き合うことになる。柚希と星乃叶は恋人同士になる。それは、とても素晴らしいことだ。そうなって当然だとも思う。だけど……。

どうしてだろう。どうして、こんなにも胸が苦しいんだろう。正しいって、それが良いって、自分だって望んでいるはずなのに、どうして言葉が出てこないんだろう。

どれくらい沈黙は続いただろうか。

柚希は怒るでもなく、ただ紗雪を見つめながら彼女の言葉を待っていた。

「……やっぱり何でもない」

駄目だ。私には言えない。

ようやく、その一言を告げると、柚希は小さく笑顔を作った。

「そっか。まあ、そういうこともあるよな」

返ってきた言葉は意外なものだった。呼び止めておいて、これだけ待たせておいて、

結局、何でもないなんて告げた自分に、柚希は苛立ちもせずに笑ってそう言った。

いつだって柚希はそうだった。動きや決定が遅い自分を置いてけぼりにせずに、ただ待っていてくれる。柚希は自分だけのものではない。そんなことは百も承知しているけど、それでもやはり、柚希は紗雪にとって唯一無二の特別な存在だった。

「ねえ、返事どうだった？」

玄関に入るなり、星乃叶に答えをせがまれた。不安そうな顔で、だけど確かな希望を信じているその美しい瞳で、星乃叶は紗雪の腕に飛びついてきた。

星乃叶は自分がそれを告げられなかったなんて、夢にも思っていない。

「柚希、あたしのことなんだって？」

どうしよう。何て説明すれば……。

「……少し考えさせてだって」

嘘をついた。それは最初の嘘だった。

明日、今度こそ柚希に伝えれば良い、紗雪は安易にそう思っていた。

柚希は自分にとっても特別な存在だけど、それが星乃叶であるなら身を引くことが出来る。出来るはずだ。明日、きちんと告げよう。そう思った。


翌日、嶌本琉生《しまもとるい》の頼みで柚希が星乃叶を呼び出して、予想外の事態は、星乃叶と柚希の間に混乱を生んだわけだが、しかし、結局そのいざこざがきっかけとなって二人は付き合うことになった。

誰にも自分が嘘をついたことを告げることが出来ないまま、小学六年生だった紗雪の夏は過ぎ去っていった。

3

嶌本琉生《しまもとるい》は星乃叶《ほのか》に彼氏が出来たと知っても諦められなかったのだろう。

星乃叶に対し、琉生が二人で出掛けようと誘っても絶対に断られる。けれど、紗雪《さゆき》も含めて四人で遊びに行こうと言えば話は別だった。別どころか、むしろ容易いほど、簡単に事態は動いた。星乃叶は紗雪と一緒に出掛けるとなれば、むしろそれを歓迎したからだ。

そんなそれぞれの思惑も絡み合いながら、星乃叶と柚希《ゆずき》が付き合い始めてからは、四人で行動する機会が多くあった。

星乃叶は紗雪と一緒に出掛けられることを純粋に喜んでいたが、当の紗雪は、恨めしく自分を見てくる柚希の視線には当然気付いていたわけで、性に合わないと自覚しながら、出掛ける際には二人に気を遣ったりもしていた。

琉生は星乃叶狙《ねら》いだったが、それを星乃叶自身に悟られてしまえば、二人の仲を引き裂こうとする敵として認識されてしまう。琉生は本心を隠し、ただ星乃叶との距離を友人として縮めることに腐心していた。

結果、四人で出掛けるということは、必然的に紗雪と琉生が共に行動する機会も増えるわけで、気が付けば紗雪と琉生は、はたから見れば普通の友人に見える程度には話をするようになっていた。

琉生の気持ちがいつ動いたのか、紗雪には分からない。どうして変化が生じたのかも分からない。だが、一緒にいることが多くなり、いつしか琉生の気持ちは、星乃叶から紗雪へと移りかわっていた。中学生になり、琉生がそれまでのお調子者からガラリと姿を変えたのもこの頃だった。恋は人を変えると言うが、複雑に絡み合った自らの恋愛問題を前にした時、確かに琉生は大人へと変容していった。

六月末の日曜日、河川敷沿いのコートに、サッカー部の練習試合を観戦しに行った。ハーフタイムの休憩時間、柚希に差し入れを渡す星乃叶を遠目に眺めていたら、不意に後ろから声を掛けられた。

「美蔵《みくら》ってサッカーのルール知ってるの？」

振り返ると、木陰にユニフォーム姿の琉生がいた。プロ選手の真似でもしているのか、黒いヘアバンドで前髪を両サイドに分けている。邪魔なら切れば良いのにと思う自分は、情緒を介さない人間だろうか。

「知ってるけど」

「見てて面白い？」

「普通」

「そっか」

星乃叶に視線を戻すと、柚希と二人で奇妙な動きを見せていた。右足を身体の外側に向かって大きく跳ねるように蹴り出している。新手の準備運動か何かだろうか。

「二人は何をやってるの？」

「ああ。美蔵はアウトサイドって分かる？　足の外側を使ってキックするテクニックなんだけど、柚希の奴、左足を使えないくせに、やたらとアウトサイドキックを多用するんだよ。ほら、前半にあいつが決めたミドルもアウトサイドシュートだったよ。覚えてない？」

「……何となく」

「多分、あのシュートが格好良かったとか、そんなことを言われてんじゃないのかな」

星乃叶は柚希の真似でもするかのように、何度も右足を蹴り出していて、これからは星乃叶の柚希へのローキックがアウトサイドになるのかなとか、そんなことを思ったら自然と小さな笑みが零れてしまった。

楽しそうに語り合う二人から、幸せな気持ちをお裾分《すそわ》けされていたのに。

「お前、柚希のことが好きなんだろ？」

不意をつかれたその一言で、紗雪の表情は一瞬で曇った。

「私が柚希を好き？」

問われた言葉を反芻するように口に出してみる。

「あいつらが笑っているのを見て辛くならないの？」

「ならないけど」

その質問にはすぐに答えられた。辛いどころか、むしろ二人を見ていると、いつだって自分は温かい気持ちに包まれるのだ。だけど……。

二人の傍を離れた後、いつも胸が小さく痛むのは何故だろう。もしかしたら、自分はいつまでも二人の傍にいられるわけではないのだと知っているからこそ、不意に胸が苦しくなったりするのではないだろうか。

「俺さ、もう星乃叶のことを好きじゃないんだ」

この男は何を言い出したのだろう。

紗雪が理解に至るより早く、琉生に腕を掴まれた。そして、

「俺、お前のことを好きになったから。覚えておいて」

それを告げられた。

何て答えたら良いか分からなかったし、何かの言葉を求められたわけでもなかったから、紗雪はその場は無言で通す。

琉生が自分を好きになったなんて、性質《たち》の悪い冗談にしか聞こえない。だけど、それを告げた時、琉生の声は確かに震えていた。

その日の夜、暗闇の中で紗雪は気付いてしまう。

自分にとって大切な人間は、柚希と星乃叶の二人だけだ。琉生のことを恋愛の対象たる男として見ることなんて出来なかったし、正直、告白の言葉は迷惑だった。それが偽らざる本音だった。

琉生は賢いし、人の感情の機微を悟ることにも長けている。今、紗雪を押しても動かすことは出来ない。それも理解していたのだろう。それ以上何かを迫ってくることもなかったし、紗雪に対して節度ある距離を保ち続けた。

琉生は自分の中に生じた新たな感情を、柚希と星乃叶に悟られたくなかったようだ。一ヶ月に一度、断られると確信している星乃叶に告白することで、自分の感情を隠す。『ブラックマンデー』などと星乃叶たちは揶揄《やゆ》していたが、それは琉生の手の平の上の出来事だった。

紗雪は自らの感情を嚙み殺しながら、琉生は嘘の自分を演じながら、四人での季節は流れていく。

流星群の日、ハレー彗星を四人で見ようと誓ったあの夜、紗雪はそんな未来を信じて疑いもしていなかったし、琉生はともかく、柚希と星乃叶とは六十年後も一緒に笑っていられると確信していた。

柚希が自分を選んでくれるならば、それは至上の幸福だろう。だけど、紗雪が一番に望むことは、柚希が幸せになることだった。その相手が星乃叶であるのなら、心から祝福出来るはずだった。

4

星乃叶《ほのか》との別れの前日。柚希《ゆずき》たちが帰った後で、星乃叶の父、慧斗《けいと》が訪ねてきた。

紗雪《さゆき》は気を利かせて自室へ戻ろうとしたのだが、大切な話をするからあなたも残りなさいと遥《はるか》に言われ、意味も分からないまま両家が集う中に混じった。

リビングでは遥の隣に星乃叶が座り、その向かいの席に慧斗が着く。紗雪は父と共に、三人を見守るように横のソファーに座った。

一体、何の話し合いがなされるのだろう。星乃叶は既に話の内容を知っているようで、真剣というより思いつめたような表情をしている。

もしかして、このまま美蔵《みくら》家に残りたいとか、柚希のいる山梨から出て行くのは嫌だとか、そういう話だったりするのだろうか。思い当たった可能性は紗雪の心を躍らせたのだが、その予測は全くの見当違いだった。

遥が慧斗に差し出したのは一年前の星乃叶の診断書で、訳が分からないという顔を見せる慧斗に、遥は星乃叶が継母から受けていた虐待について説明していった。

思い出したくもない話を次々と聞かされ、星乃叶の身体は小刻みに震えている。母の話を止めるべきではないかと思ったが、やがて自分の推測が間違いだと気付く。

星乃叶は遥の手を必死に握っていて、感情を押し殺すように歯を食いしばり、訴えるような眼差しで父親を見つめていた。

自分の置かれていた境遇を理解してもらい、もう二度と、父親があの母親を受け入れないように、こうして回復することの出来た自分の心と居場所を、二度と踏みにじられないために、星乃叶はすべてを父に知ってもらうことにしたのだ。

「私の話はこれですべてです。過去のことを責めるつもりはありませんが、あなたの妻がこの子をどれだけ追い詰めていたのか、それをきちんと理解して下さい」

慧斗は返す言葉を持たないようで、聞かされた話に衝撃を受けたまま、放心状態で娘を見つめていた。

幾許かの沈黙の後、震える声で、だけど確固とした意思を持った強い声で、

「あの人が帰ってくるなら、あたしはもうお父さんとは一緒に暮らさない」

そう星乃叶は言い切った。

遥は勇気を出した星乃叶を褒めるように、その頭を優しく撫《な》でる。

「夫婦の問題は、他人には理解出来ないものです。今、奥さまは家を出られているそうですが、先のことは分かりません。この先、舞原《まいばら》さんがどんな選択をするにせよ、もしもの時には私たちがこの子を受け入れますので」

遥の言葉に、星乃叶の両目に薄《うす》らと涙が浮かんだ。

紗雪は知っている。一度や二度じゃない。

『遥さんがあたしのお母さんだったら良かったのに』

星乃叶は何度もそう口にしていた。

「舞原さん、この子はあなたのことが本当に大好きなんです。お父さんと一年ぶりに一緒に暮らせることを、心の底から喜んでいます。だから、私はそういう普通の家族としての居場所をこの子が持てることを願っています」

遥の言葉を深く静かに熟考した後、慧斗が深々と頭を下げて。

紗雪は別れゆく星乃叶の幸せと平穏を願った。

5

星乃叶《ほのか》との別れの日。

美蔵《みくら》家で開かれたお別れパーティーの後、

「紗雪《さゆき》、大好きだよ」

星乃叶に強く抱きしめられた。

「ずっと、あたしたち二人だけが親友だよ」

少しだけ泣きながら、星乃叶は抱きしめた紗雪の耳元でそう囁《ささや》いた。肩に落ちた熱い涙と、星乃叶の匂《にお》いを感じながら、静かに目を閉じる。

紗雪は強く頷いて。

「私も星乃叶が好き」

そう、はっきりと口にした。

紗雪には、去りゆく星乃叶に渡された物がある。

合計十枚にわたる、長い長い手紙だった。星乃叶の女の子らしくない、少しだけ癖のある字が並んでいて、その字はお世辞にも綺麗とは言えないのだが、自分だけに向けられた星乃叶の気持ちがたとえようのないほどに嬉しくて、紗雪は毎日のように読み返した。

最後の一枚には、星乃叶の願いが綴られている。

『ねえ、紗雪。これだけは守って欲しい約束があるの。それはね、五十八年後の話。絶対に四人でハレー彗星を見ようね。約束だからね。破ったら死刑なんだからね』

そんな言葉で、その最後の一枚は始まっていた。

『あたしは遠くに離れてしまうけど、柚希《ゆずき》の浮気は絶対に許さないから。紗雪。お願いだから、絶対に柚希にほかの女を近付けたりなんかしないでね。もしも柚希がほかの女を好きになりそうになったら、すぐに教えて。飛んでいって、ぶん殴って、もう一度、あたしだけを見てもらうんだから』

紗雪は星乃叶と柚希が好きだった。

笑っている二人を見ているのが大好きだった。

『紗雪、あたしはね。柚希の前ではいつだって綺麗でいたいの。すごく可愛いって、いつも思ってもらいたい。だから、距離は離れちゃうけど、あたし、頑張るよ。もっともっと綺麗になって、もっともっと柚希に好きになってもらえるよう頑張るからね』

うん、分かったよ。

紗雪は渡された手紙を読みながら、星乃叶の言葉を胸に刻んでいった。

『五十八年後のあたしたちは七十一歳だね』

紗雪と柚希は五月生まれだったし、星乃叶は六月生まれだ。ハレー彗星のその日には、確かに七十一歳になっている。

『その頃には、あたしは柚希と結婚しているかな。子どもとか、孫だっているかもしれないな。上手に想像出来ないんだけど、あたしは柚希とそういう普通の家族になっていたい。でね、やっぱり幾つになっても、紗雪もお隣さんとかで、いっつもあたしたちは一緒にいるの。うん、それが良いよ。そうしよう。大人になったら、あたしたちは隣に住もう』

うん、そうしたいよ。

星乃叶と柚希と一緒にいたいよ。

『でもね。一つだけ、あたしには不安なことがあるの。七十一歳なんて、本当に皆が生きていられるのかな？　あたしだけ先に死んじゃってたりしたらどうしよう。そんなこと考えたくないけど、ねえ、紗雪、あたしは今のうちにお願いしておくことにするよ。もしも、あたしが先に死んじゃったとしたら、その時は柚希のことを紗雪に託すから、あたしがもしも柚希を幸せに出来なかったら、その時は紗雪が柚希の隣にいてあげてね。ほかの女にその役目を取られるなんて許せないけど、あたし、紗雪だったら良いからね』

星乃叶、そんな日はこないよ。

手紙の上に涙が零れ落ちた。

柚希は星乃叶が好きなんだよ。本当に星乃叶だけが大好きなんだよ。だから二人が一緒になるんだ。

紗雪はそれを心の底から願った。世界で一番大好きな柚希と、世界で誰よりも大切な星乃叶の二人が笑ってくれさえすれば、自分は生きていける。

絶対に柚希に別の女なんて近付かせない。柚希は星乃叶と幸せになるんだ。

たった一つの願い。それだけを紗雪は抱きしめた。

それなのに、ほかには何一つとして望んでなんかいなかったのに……。

別れてすぐに、そんな未来はこないのだと思い知ることになるなんて、想像もしていなかった。紗雪が思い描く未来は、中学一年生の九月、無残にも夢と散ったのだ。

6

その一報が届いたのは十月の第一週、土曜日のことだった。

その日、柚希《ゆずき》はサッカー部の新人戦で長野に遠征しており、電話で事態を知った紗《さ》雪《ゆき》は、両親と三人でその病院へと赴いた。

新潟市の郊外にある『桜塚《さくらづか》総合クリニック』、そこで三人を出迎えたのは憔悴《しょうすい》しきった星乃叶《ほのか》の父、舞原慧斗《まいばらけいと》だった。慧斗は紗雪を見ると、泣きながらその場に崩れ落ちる。そんな慧斗の姿を見て、紗雪はこれが夢ではないのだと思い知った。

八月の終わり、美蔵《みくら》家で開かれたお別れパーティーの後、星乃叶は父の借りたレンタカーのトラックに乗り帰宅した。美蔵家にあった星乃叶の一年分の荷物と、自宅に残った荷物をトラックに乗せ、二人は地元新潟へ帰ることになっていた。

しかし、最後の荷物を取るために立ち寄ったアパートには先客がいた。煙草を吹かしながら、ホステスさながらの軽薄な薄着を身に纏い、玄関に腰掛けていたのは、六月に出て行ったはずの美津子《みつこ》だった。

慧斗と美津子は離婚したわけではない。行き先さえ告げずに、美津子が出て行っただけだ。慧斗には連絡を取る手段も、探しに行くだけの余裕もなかった。

どこから聞いたのか、美津子は慧斗が新潟に戻ることを知っており、自分も一緒に帰りたいと告げる。二人が新潟に戻るのは、舞原一族への復帰が決まったからだと思ったのかもしれない。美津子の真意は分からないが、少なくとも彼女の存在は二人を困惑させた。

遥《はるか》の警告を思い出し、慧斗は惑う。娘を愛していたし、遥の言葉も理解していた。だが、生来気の弱い慧斗は、美津子に正しい結論を告げ、彼女をはね退けることが出来なかった。甲斐性《かいしょう》なしの父親が口をつぐむ横で、運命を変えることが出来る人間がいたとすれば、それは星乃叶だけだった。

星乃叶は震える身体を必死に抑えつけながら、勇気を振り絞る。

「お父さんは絶対に渡さない！」

悲鳴をあげるように叫んだ星乃叶の言葉で、慧斗は呪縛《じゅばく》より解かれる。

「……君が星乃叶にしてきたことを、すべて聞いたんだ」

哀しそうに慧斗がそれを告げて、美津子の口の端が引きつった。

「僕は娘を傷つける人と一緒に暮らすことは出来ない」

美津子は言い訳も、温情を求める言葉も口にはせず、ただ去り際に薄らと奇妙な笑みを浮かべたのだが、その意味を星乃叶も慧斗も知る由もなく、美津子に別れを告げた二人は新潟に戻り、新しい生活のスタートを切った。

それから一週間が過ぎて。

星乃叶は新しく通い始めた公立中学では部活に入らず、その日も帰り道は一人きりだった。星乃叶の通う中学校は大通りに面した街中にあり、登下校では歩道橋を経由する。

うつむいて歩く放課後の帰り道、片側三車線の大通りをまたぐ歩道橋の上で、不意に目の前の自分の影を誰かが踏んだ。星乃叶が顔を上げると、そこにいたのは嫌な笑みを浮かべる美津子で。

言葉を失う暇さえなかった。美津子は娘の喉元《のどもと》へと手をやると、恐怖に怯《おび》える星乃叶の首を片手で締め上げる。声にならない苦痛の呻《うめ》きが漏れた。

「随分となめた真似をしてくれたじゃない」

美津子は星乃叶の上半身を、手すりの外側に押し出すように吊《つ》り上げる。

「覚悟は出来てるんでしょうね？」

中学生が恫喝《どうかつ》され、今にも歩道橋の上から落とされそうになっている。

当然、すぐに近くにいた通行人が気付き、

「何やってるんですか！」

あるサラリーマンの怒声に継母の意識が一瞬逸れた。その隙をつき、星乃叶は膝蹴《ひざ》りを繰り出す。突然の反撃に美津子の力が抜け、星乃叶は継母の手からすり抜けた。

「待ちなさい！」

膝をつきながら美津子が怒声を響かせても、戦慄《せんりつ》と共に逃げ出した星乃叶の足が止まるはずもなく、そして、その時はきてしまった。

必死に逃げる星乃叶は、階段を駆け降りようとしたところで、下校中の小学生と接触し、バランスを崩した身体は宙に投げ出されてしまう。

焼きつくような夏の日差しを全身に浴びながら、頭から重力に引かれた星乃叶が見た景色は、三十四段の長い階段だった。冗談みたいに制御を失った身体は宙で半回転し、受け身も取れないまま、後頭部から階段に落下する。

経験したことのない方向に首が捩《よじ》れ、

「星乃叶っ！」

霧散する直前の意識で星乃叶が聞いたのは、継母の確かな悲鳴だった。

意識が途切れた星乃叶の身体に減速する術などあるはずもなく、走っていた勢いそのままに、地上まで転がり落ちる。


階段を転げ落ちた星乃叶の左足はありえない方向に折れ曲がっていたし、その後頭部から流れ出る血は、急速に地面を染めていった。そして何より、星乃叶は呼吸をしていなかった。落下の衝撃で心肺停止に陥っていたのだ。

星乃叶の名を叫びながら階段を駆け降りた美津子は、昏倒《こんとう》した娘を前に、最後の良心までは失わなかったのだろう。呼吸を止めた星乃叶の蘇生《そせい》を心臓マッサージによって試み、即座に救急車を呼ぶ。

それは感情のやり場のない事故で、誰を責めるべきかも判然としないその惨劇は、しかし、星乃叶の人生を大きく変えてしまう。

病院に搬送された星乃叶は、一命こそ取り留める。しかし、心肺停止状態の際に負った低酸素脳症のダメージは深く、昏睡状態の彼女の意識が回復することはなかった。

「打ち所が悪かったんです」という医者の言葉も、慰めになんてなるはずもなく、その後の検査で脳の一部に後遺症が確認され、星乃叶は植物状態であると認定された。昏睡状態となった星乃叶は、栄養剤を胃瘻《いろう》から摂取し続ける人生となり、誰のキスでも目覚められない眠り姫となってしまったのだ。

「奇跡が起こらない限り、星乃叶さんが目覚めることはないでしょう。現状の彼女を回復させる手立てはありません」

主治医はそれを慧斗に告げ、そうやって、星乃叶の人生は暗転した。

十月中旬の週末。

紗雪は電車と新幹線を乗り継いで、新潟のその病院を一人で再訪した。

一緒に暮らしていた頃、紗雪の好きなスノードロップの花を、星乃叶も気に入っていた。紗雪はお見舞いの品とするために自宅から鉢ごと持ってきており、自分の身代わりとして星乃叶のベッドの脇に飾る。

いつもうつむいて咲くその姿が、どことなく自分の生き方と重なるから、紗雪は小さな頃からスノードロップが好きだった。その『希望』という花言葉は、今、嫌味なまでに相応しくもある。

病院の中庭には簡素な庭園が作られていて、紗雪はベンチに慧斗と共に座った。

中途半端な日差しに照らされ、生温い風が紗雪の髪を流していく。

「星乃叶は事故で死んだと、そう柚希君に伝えてもらえないかな」

消えるようにか細い声で、慧斗はそう告げた。

「それで良いんですか？」

「星乃叶が目覚める可能性は事実上ないって、そうはっきり言われているんだ」

「でも、星乃叶は生きています」

「目覚めないって分かっているのに、生きているなんて言えるのかな」

「植物状態の人間が目覚めた例だって……」

「植物人間と一括りにしたって、抱えている脳の損傷は千差万別だろう？　星乃叶の主治医は、僕をこの病院に紹介してくれた友人なんだ。その彼が回復の見込みはゼロに等しいと言っていた。彼は無意味な慰めの言葉を口にする男じゃない」

「でも、星乃叶が死んだなんて、柚希には……」

「考えたんだよ。こんな風になる前の星乃叶に聞いたら、なんて言うのかなって」

慧斗は今、泣いているのだろうか。

紗雪は隣に座る慧斗の顔を見ることが出来なかった。

「一ヶ月に一度、星乃叶と僕は二人で出掛けていただろう？」

山梨にいた間、慧斗は仕事を三つ掛け持ちしながら働いていたから、週末でも時折顔を見せるだけだった。遥や友樹《ともき》に無理やり引きとめられても、夕食だけを取り、すぐに仕事へと戻っていく。星乃叶と共に暮らした一年間はそんな月日だった。

それでも娘を愛する慧斗は忙しい中に必死に時間を見つけ、一ヶ月に一度、娘と二人だけで食事を取り、買い物に出掛ける時間を作っていた。父と出掛ける日の前日、いつも星乃叶が興奮して眠れなかったことを紗雪はよく知っている。

「この一年間。いつも星乃叶は柚希君と君の話ばかりだったよ。いや、申し訳ないけど、八割は柚希君の話だったかな」

「うちでもそうでした」

「昨日の柚希はこうだった。先週、柚希にこう言われた。この前はこんなデートをした。毎回、話すことは尽きないみたいで、僕は父親だから、複雑な気持ちももちろん最初はあったんだけど、なんだかそんな感情のすべてがちっぽけなものに思えてしまうほどに、星乃叶は柚希君が大好きだったんだ。あの子は本当に柚希君が……」

「知っています」

「買い物に出掛けてもね。僕はそんなに良い物は買ってあげられなかったのに、あの子は何だって喜んでくれた。量販店のワンピース、髪飾り、何を買う時も、何度も何度も聞いてくるんだ。これ、本当に似合う？　柚希、可愛いと思ってくれる？　大丈夫かな、柚希はあたしをちゃんと好きでいてくれるかなって」

そうか……。ようやく紗雪は気付いた。今、慧斗は泣いているのだ。

「あの子は、柚希君にいつでも可愛いと思ってもらいたいって、いつまでも好きでいて欲しいって、そう願っていた。僕は、そんなの子どもの恋愛だって、本気にしていなかったけど、でも自分を失う最後の瞬間まであの子は……」

消えるように告げた後、慧斗は涙を隠すのをやめた。

「本当に良いんですか？　柚希に星乃叶は死んだって告げて」

「頼むよ。食事も排泄《はいせつ》も管を通さなければならないようなあんな姿、星乃叶は柚希君には絶対に見られたくないはずなんだ。あの子はいつまでも、彼の中で綺麗な自分のままでいたいと願うはずだ」

それを本当に星乃叶が望んでいるのかは分からない。いつか、分かる日がくるとも思えない。だけど星乃叶はもう目覚めることはないから、そういう意味では、確かに彼女はもう死んだのだから……。

「分かりました。柚希と逢坂《あいざか》さんには私から」

「すまない。君だって辛いのに……」

「でも、私はまた、会いに来ても良いですか？」

「辛くなるだけだよ」

「私には星乃叶以外に友達がいませんから。星乃叶のほかに友達なんていりませんから」

紗雪は大切なものを片手で数えられる。星乃叶以外の親友なんて欲しくなかった。

それが星乃叶でないのであれば、親友なんていらなかった。


暗澹《あんたん》たる思いに満たされた病院からの帰り際。

「星乃叶の形見と言ったら変だけど、もらって欲しい」

慧斗から渡されたのは、星乃叶がずっと大切にしていた薄いピンクのポーチだった。

星乃叶はピンクが大好きだった。中には小さな手鏡と、丁寧に折り畳まれたハンカチが入っていて、取り出すと、そこから慣れ親しんだ星乃叶の匂いがする。

よく見ると、ポーチには内側に小さなポケットがついており、開けると中には折り畳まれた何枚かのルーズリーフの用紙が入っていた。

それは柚希に宛《あ》てて書こうとしている手紙の下書きだった。何度も何度も棒線で訂正し、文面に推敲《すいこう》を重ねたそんな下書きだった。

7

柚希《ゆずき》に星乃叶《ほのか》のことを話さなければならない。

先延ばしに出来ないことは分かっているし、日に日にその責務に責めたてられてもいる。けれど、夕食の後など、柚希と二人きりになる瞬間は何度もあったが、どうしても言えなかった。

幼少の頃、柚希が味方でいてくれれば、それだけで良いと思っていた。ほかに友達なんていらない。柚希がいればそれで良い。しかし、そんな風に信じ込んでいた紗雪《さゆき》を星乃叶が変えた。

星乃叶と出会い、紗雪は初めて自分を理解してもらいたいと思った。生まれて初めて自分の気持ちを話したいと思った。星乃叶には自分を知り、理解して欲しかった。

そんな風に世界で一人きりの親友だったから、星乃叶の願いは紗雪にとっても平等な願いとなった。星乃叶が最期まで柚希と幸せでいられること、それが紗雪の夢になったのだ。それなのに、星乃叶の幸せだけを願っていたのに……。

星乃叶の身に起きた惨劇、それを柚希に告げた時、二人の世界は終わってしまう。

慧斗《けいと》に頼まれた通り、星乃叶が死んでしまったと告げれば、自分が憧れ、夢にまで見ていた二人の物語は儚い結末を迎えてしまう。


最初に痛み始めたのは、下腹部だった。霜月《しもつき》が近付き始めた頃、胃の辺りを鈍痛が襲うようになり、その数日後には偏頭痛に悩まされるようになった。頭痛薬を飲んでも痛みは引かず、次第に夜も寝付けなくなってしまった。

夢の中で星乃叶が出てくる度に、ハッとして目が覚めてしまう。ただでさえ小食なのに、胃が痛むせいで余計に食欲が湧《わ》かない。星乃叶のことばかりが気になってしまい、いつしか自分の肉体と精神が乖離《かいり》していくような感覚に襲われていく。

嘘も真実も何一つ告げられないまま一ヶ月が過ぎ、冷えていく屋外の風は、次第に心の中の熱まで奪っていく。それは、そんな十一月の初めの出来事だった。

ある放課後、帰途につこうとした紗雪を、昇降口で琉生《るい》が呼び止めた。琉生はこれから部活だが、まだ体操着に着替えてもおらず、制服のまま難しい顔をしている。

「具合でも悪いのか？」

「……別に」

病んだ心は疲弊しきっている。言葉を返すことさえ億劫《おっくう》だった。

「嘘つくなよ。顔色おかしいぞ」

「別にどこも悪くない」

発した言葉は自分でも驚くほどに弱々しかった。

「今日だけじゃない。もう、ずっとだ。昨日も、一昨日も、先週も。悩みでもあるんじゃないのか？　もし、そうなら俺は……」

「どうして？」

反論する気力も湧かず、気付けば尋ねていた。

「お前が好きだって言ったろ。悩んでいることがあるなら力になるから、俺にも少しで良いから頼ってくれよ」

哀願するような眼差しで、琉生に見つめられていた。

「悪いけど」

今、柚希と星乃叶に関われないことのすべては、何もかもただ煩わしいだけだった。

ひたすらに余計なことでしかない。

「言ってることが理解出来ない。私のことを好きになる人間なんているはずがない」

「自分で気付いてないだけだよ。お前にはきちんと魅力がある」

「心当たりもないし、信じる気にもなれない」

そんな紗雪の言葉に、しかし琉生は微笑んだ。

「そういう冷たい目をするところに、俺は惹かれたんだ。お前は俺と同じで『黒』だと思うから」

それはとても抽象的な表現だったから、琉生が言わんとしていたことを本当に理解出来ていたのかは分からない。けれど、少なくともその時、紗雪はその通りかもしれないと思った。自分も琉生も『黒い人間』だ。心の奥底が捻《ねじ》れていて、寂寥感と荒涼感が胸の中を渦巻いている。そういう救いようがない『黒』なのだ。

下駄箱に手を伸ばした時、その腕を琉生に優しく掴まれた。それを振りほどこうとした時、あっけなく膝から力が抜けた。

……え？　何で？

斜めにぶれて、急速に狭まる視界が何を意味するのか、紗雪には理解出来なかった。

そして、それを疑問に思うより早く、紗雪の意識は消し飛んだ。

目を覚ますと、見慣れない天井が視界を覆っていた。

漏らした吐息が宙を白く染め、もうすぐ冬が始まろうとしていることを思い出す。

ボーっとする頭を横に向けると、パイプ椅子に腰掛けながら、文庫本に目を落とす琉生がいた。その後ろに広がる風景で、ここが保健室であると気付く。

「……琉生」

力なくその名前を呼ぶと、彼が本から顔を上げた。

「ああ、良かった。気付いたか。自分がどうなったか覚えてる？」

未だぼんやりとする頭を横に振る。

「貧血だって。お前、ちゃんと飯食ってるか？」

昨晩は頭痛が酷く、夕食を取らずに眠ったし、いつも朝食は取っていない。昼休みも胃が痛くて、持参したお弁当には口をつけていない。そうか、自分は丸一日以上、飲み物以外まともに口にしていない。空腹すら感じていなかった。

「これ、先生が食っとけって」

琉生はポケットからキャンディの包みを取り出すと、それを裂き、紗雪の口元に差し出した。抵抗する気力も湧かず、されるがままにキャンディを口に入れる。

「……部活は？」

「お前がこんなことになってるのに、ボールを蹴る気になんてなれないよ。サボった」

「一年生がそんなことをしたら……」

「雑音は実力で黙らすから関係ないよ」

そうか。琉生は自分に自信があるのか……。それなのに、どうして自分みたいな人間を好きになってしまったんだろう。同じ『黒』だというのであれば、こっちが絶対に柚希以外の男を想えないことも理解出来るだろうに。

「親に迎えにきてもらえよ。それが無理なら、嫌だって言われても送ってくからな」

怖い顔で琉生は言葉を続ける。

「つーか、そんな風になるまで悩んでいる理由も話せよ。誰にも相談出来ないから、そんなことになってんだろ？　お前は俺の気持ちを利用すれば良い。いつか振り向いてくれるかもしれないって思うだけで、俺はお前の味方でいられるんだから」

誰かに頼るつもりなんて無かった。理解してもらいたいとも思っていない。だけど、琉生は星乃叶と柚希のことをきちんと知っている唯一の知り合いでもある。

四人で見た流星群が甦《よみがえ》る。自分はハレー彗星の誓いを交わした、この関係を守りたいだけだ。ただ、それだけなのに……。

「もう……どうして良いか分からない」

心の底で泥に塗れて、ぐちゃぐちゃになった想いを吐露する。そうやって一度たがが外れてしまえば、後は簡単だった。星乃叶が目覚めなくなってしまった日から、ずっと胸のうちにあった想いをほどいていく。捩じ切れんばかりに痛む胸を押さえながら、星乃叶の身に起きてしまった事故を、紗雪は琉生に告げた。

星乃叶の身に起きた惨状を知り、ショックを隠せなかった琉生は、その後、優に十分は頭を抱えていた。ようやく顔を上げたものの、その表情は青ざめていて、心なしか唇も生気を失っているようだった。

「星乃叶のために出来ることが思いつかない。もう、何もかも手遅れなのかな」

「星乃叶は死んでない。そんな言い方しないで」

「じゃあ、お前なら何かあいつのために出来ることを思いつくのか？」

慧斗は、柚希には星乃叶が死んだと告げて欲しいと頼んできた。でも、そんな未来に意味があるとは思えない。星乃叶を綺麗に殺すなんて馬鹿げた話だ。

星乃叶は世界中で誰よりも自分を理解してくれた。どんなに自分が無口で言葉が下手でも、能動的に理解しようとしてくれた。それならば、自分は星乃叶の幸せだけを願おう。星乃叶が柚希と幸せになれる未来以外、すべては平等に無意味だ。

星乃叶が目を覚ます可能性がゼロかどうかなんて誰にも分からない。どうして医者なんかにそんなことが断定出来るというのだ。

『距離は離れちゃうけど、あたし、頑張るよ。もっともっと綺麗になって、もっともっと柚希に好きになってもらえるよう頑張るからね』

慧斗や医者が何を言おうとも、あの手紙の中の言葉、それだけが星乃叶の真実だ。

星乃叶は『頑張る』と言ったのだ。自分たちは、そう約束した。星乃叶は絶対に誓いを守る。いつか目を覚ますその日まで、絶対に諦めないで呼吸をしてくれる。

胸の中に溢《あふ》れた、たった一つの願いを琉生に告げる。

「私は星乃叶になりたい」

星乃叶が目を覚ました時、きちんと柚希が恋人でいられるように。星乃叶が眠っている間に、ほかの女が柚希に近付いたりしないように。星乃叶と柚希を守るのだ。

8

『星乃叶《ほのか》になりたい』なんて言葉だけで、紗雪《さゆき》の想いが正確に伝わるはずもなく。

当然、説明を求められたわけだが、混乱している頭で胸の内を上手く伝える自信がなかった紗雪は、適当な言葉でその場をやり過ごした。

しかし翌日。

「美蔵《みくら》、落ち着いたか？」

再び放課後の昇降口で琉生《るい》に呼び止められた。彼は今日も制服のままだ。

言葉を返せないでいると。

「結局、どうして良いか分かんないんだろ？　一緒に考えよう。俺だって星乃叶のことが好きだったんだ。あいつのために出来ることがあるなら何だって協力する」

目の前で琉生は靴を履き替える。

「うちに来いよ。ここから歩いて五分なんだ」

「部活はどうするの？　琉生は昨日も……」

「もう具合が悪いから休むって柚希《ゆずき》に伝えてある。ほら、行こうぜ」

穏やかな眼差しで紗雪を見つめ、琉生はそう言った。

紗雪にとって柚希以外の部屋を訪問するのは、生まれて初めての経験だった。

父親が大学教授という琉生の自宅は書籍で溢れ、彼自身の部屋もゲームソフトやC

D、雑誌などで雑然としている。
「柚希は遊びに来たことがある？」

「人を入れたのは初めてだよ。自室を覗《のぞ》かれるのって、頭の中を覗かれるのと近い気がしないか？　昔から抵抗があるんだよな」

そう言いながら向けてきた琉生の微かな苦笑が痛々しい。

「私の部屋にはほとんど物がないから、よく分からない」

「お前の部屋、俺は好きだよ」

まだ四人で遊んでいた頃には、琉生も何度か紗雪の部屋を訪れたことがある。

「あんな何にもない部屋が？」

「むしろ、だからかな。スノードロップとか、数が少ないからこそ、ああ、美蔵はこういう物が好みなんだろうなって、手に取るように分かって嬉しかったんだ」

琉生は何を考えているか分からないと、柚希がそんなことを口にするのを聞いたことがあるけど、自分に対しては、いつも本音を晒しているように見える。

「琉生は変な人だと思う」

「お前と似てるだろ？」

それはどうだろう。

人間を十種類くらいに分けたら、同じカテゴリーに入るかもしれないけど、似ているとまでは思えない。

「保健室で言われた言葉の意味を、ずっと考えてたんだ。『私は星乃叶になりたい』って言ってたよな。あれは自分が柚希の恋人になりたいってことなのか？」

「まさか。私は柚希と星乃叶に幸せになって欲しいだけだもの」

意味が分からないのだろう。訝しげな眼差しを見せる琉生に対し、紗雪はバッグからクリアファイルを取り出すと、その中に挟んでいたルーズリーフを渡す。

「読んでみて」

それは星乃叶のポーチに入っていた、彼女の最後の意思が込められた手紙だった。意識を失う前の星乃叶が乗り移っているような気がして、もらった日から、紗雪はずっと自分の傍に置いていた。

「これは星乃叶が柚希に出そうとしていた手紙の下書きなの。何度も『忘れないでね』って書かれてるでしょ。距離が離れてしまって、星乃叶は柚希に忘れられることが一番怖かったんだと思う。でも、今の星乃叶は自分では何も出来ないから、私が代わりに柚希の想いを星乃叶に繋ぎ止めたい」

理解と不理解の狭間で逡巡を見せた後、琉生は怪訝そうに口を開く。

「星乃叶のことを柚希には伝えないってことか？」

紗雪は頷く。

「でも、そんなこと……」

「星乃叶の身に起きた惨状を知ったら、柚希は星乃叶を捨ててしまうかもしれない。だけど、今すぐには無理でも、星乃叶は絶対に目覚める。私はそう信じてるから、その日まで柚希に星乃叶のことを隠したいの」

琉生の表情に同情と憐憫《れんびん》が入り混じった。

「そういうとこ嫌いじゃないけど、でも、やっぱお前、ちょっと頭おかしいよ」

「二人のために狂うことも出来ないなら、死んだ方がマシだもの」

発する言葉にためらいはなく、思い描く未来に迷いもなかった。

まるで心の底を覗くかのように、琉生は睨むように見つめてきたが、紗雪は真っ直ぐにその視線を受け止める。

「黙り続けてるだけじゃ、いつかは柚希にバレるぞ。どうするんだ？」

「それが分からないから相談してる」

「だよな」

一度、前髪を掻《か》き揚げて、うつむいた後、

「柚希に愛されるのが自分じゃなくても、本当に良いんだな？」

「私の気持ちは変わらない」

「その嘘は、お前自身の感情を一番傷つけることになるぞ」

「構わない」

その覚悟を確認するかのように、琉生の鋭い眼光が紗雪を貫く。

「一歩間違えたら犯罪だ。柚希にバレたら軽蔑されるだけじゃ済まないんだからな。

それも理解してるか？」

「星乃叶のためなら仕方ない」

「……分かった。その覚悟があるなら、俺はお前のために動くよ。もう一度、手紙を見せてくれ。何とか出来るかもしれない」

紗雪が星乃叶に献身的であったのと同様、琉生もまた紗雪に対してそうであった。

ポーチの中に入っていた、柚希への出せなかった手紙。それが琉生にヒントを与える。手紙ならば星乃叶を生かし続けることが出来るかもしれない。

計画の概要をまとめてから一週間後、琉生はネットにアルバイトの広告を出した。

『自宅に表札を出しておらず、秘密を守れる新潟県在住の人間を募集します』

冗談みたいな広告だったが、三日後に上越市に住むという一人暮らしの大学生から応募があった。免許証のコピーで相手の身元を確認した後、秘密を守る旨の誓約書を書かせ、琉生は父親の身分を騙《かた》って契約を交わす。

アルバイトの仕事はごく単純なものだ。『舞原星乃叶《まいばらほのか》』宛てに届いた手紙を、『嶌本琉生《しまもとるい》』の元に送ることと、『逢坂柚希《あいざかゆずき》』宛ての手紙をその街でポストに投函《とうかん》すること。

紗雪は琉生に言われた通り、その大学生の住所に引っ越したとの旨を記述し、星乃叶を騙って柚希に手紙を書く。病院で慧斗《けいと》にもらった、新しい新潟の家で撮った星乃叶の写真も同封した。

『義母とまた一緒に暮らすことになったから、電話は出来ないと思う。だから、番号も教えないね』

柚希が自分の筆跡を覚えていればアウトだ。不審を抱かれそうなことは幾らでもある。星乃叶の事故の後、柚希と健一《けんいち》には自分が伝えるから、絶対に勝手に教えないでと、両親には強く念押ししているが、いつまでも黙っていてくれる保証はない。

立案者の琉生自身、こんな計画がいつまでも上手くいくはずはないと漏らしている。それでも、嘘をつき続けることを決めてから、ようやく自分の胸が落ち着きを取り戻し始めていることに紗雪は気付いていた。

星乃叶のいない世界を生きていくなんて考えられない。星乃叶が目覚める可能性が、奇跡に等しい確率だとしても、彼女が呼吸を続ける限り諦めない。

星乃叶名義の手紙を受け取ってからの数日間、柚希はずっと舞い上がっていて、手紙を受け取ったことを隠していたが、それが届いた日は一目瞭然《りょうぜん》だった。

柚希は引っ越しの後も星乃叶との交際を続けていることを、健一や遥《はるか》、友樹《ともき》に話していない。これならば上手くいくかもしれない。

紗雪が手紙を出すと、大抵、一週間くらいでバイトの大学生の元に返事が届き、琉生を経由して今度は自分が受け取る。もちろん中身は、琉生にもアルバイトにも確認させていない。

車以外の交通手段で新潟へ行くには、一度東京に出てから上越新幹線に乗るのが早い。しかし、名前とは裏腹に、上越市は新幹線の停車駅になっておらず、新潟市に比べれば、格段に訪れにくかった。

現状、一番怖いのは、自分たちが知らぬ間に、柚希が星乃叶に会いに行くことだ。

予防線を張るよう琉生に指示され、返し忘れた物があること、上越市を訪れる方法がよく分からないこと、二つの理由から星乃叶の元を訪ねる時は自分も連れて行って欲しいと伝えた。柚希は一も二もなく約束してくれて、最大の懸念には一先ずの保険が付されることになった。

柚希からの手紙を読む時、不意に自分が誰なのか分からなくなる瞬間がある。紗雪は星乃叶の美しい容姿や、あけすけな性格に憧れていたし、柚希の恋人である星乃叶のことがずっとうらやましかった。受け取った手紙を読んでいる時、柚希への返事を考えている時、美蔵紗雪は舞原星乃叶だった。そんな時、星乃叶は確かに紗雪の中で呼吸をし、生きていた。

雲一つない星空が広がる夜には、胸の中に寂寞《せきばく》とした痛みが広がる。

柚希にこんなにも想われているのは星乃叶で、毎日、顔を合わせている自分ではない。手紙で柚希に悩みを打ち明けられているのも、愛の言葉を書き並べているのも自分なのに、どれだけ柚希を愛していても、決して紗雪の想いが報われることはない。満たされない心は、時に胸の中に荒涼感を広げることもある。それでも、紗雪はこの嘘を貫き通す。

9

星乃叶《ほのか》の身に起きた惨劇から二年以上の月日が流れて、それでも、嘘は破綻《はたん》することなく継続していた。

罪悪感と保証のない未来に、心が押し潰されそうになることもある。それでも、紗《さ》雪《ゆき》に出来ることは、いつか星乃叶が目覚める日を信じて嘘をつき続けることだけだ。

中学生の終わりが近付き、紗雪も進路を決めなくてはならなくなる。

県内の公立高校なら、どこにでも進学可能だったが、悩む必要などなかった。進学先は柚希《ゆずき》と同じ高校。それで良い。

高校生になっても柚希は星乃叶を想い続けるだろうか。

入学式、大人びた周りの生徒たちを目にして、不安な思いが去来した。中学までとは学年の人数も違う。合格発表の後で買い与えられた携帯電話。この小さな機械は、きっと、柚希をほかの誰かとも強く結びつけるだろう。

高校のクラスは別々になったが、芸術選択だけは同教室だった。誰にも気付かれないような存在感のなさで、それでも紗雪はいつだって柚希だけを見つめていたから、その女の存在にもすぐに気付いていた。

美術の時間、いつも柚希と仲良さげに喋っている背の高い女。授業の前に座席表で確認すると、その女は水村玲香《みずむられいか》という名前だった。

誰が柚希を好きになったって不思議ではない。それを責める権利も紗雪にはない。だけど今、柚希の恋人は間違いなく星乃叶だ。

星乃叶が山梨を去ってから、この夏で三年になる。柚希は今、どれほどの強さで星乃叶を想っているのだろうか。手紙のやり取りでは表層的な気持ちしか知ることが出来ない。柚希は『愛している』とか、そういう言葉を容易く口に出来る男ではなかったし、それは手紙であっても同様だ。

まさか、あの女と星乃叶との間で迷っていたりするのだろうか。胸に湧き上がった不安は、時間と共に強くなっていった。

紗雪は琉生《るい》に内緒で、ある一つの計画を立てる。ゴールデンウィークに東京で会わないかと持ち掛け、柚希の反応を窺うことにしたのだ。東京へ出るには二時間、電車を乗り継がなければならない。もしも今、あの水村とかいう女に惹かれ始めているとしたら、柚希は迷うだろう。わずかな時間しか再会出来ないとしても、柚希は星乃叶に会いに出掛けるだろうか。

星乃叶からの手紙が柚希に届いた日の夜、柚希が舞い上がっているのは一目瞭然だった。テレビ番組に笑っている風を装っているが、夕食の前から始終にやけている。

夕食の後で遥《はるか》がお風呂場へと消えた後、

「紗雪、ゴールデンウィークって暇？」

何食わぬ顔で柚希はそう切り出してきた。

「どうして？」

「暇だよな？」

「……暇だけど」

「じゃあ、ちょっと東京に行くのに付き合ってくんない？」

柚希は目を逸らし、内容なんて頭に入っていないくせにテレビに目を向けた。

「星乃叶に会いに行こうぜ」

平静を装おうとしているのがバレバレだ。

「……久しぶりだね」

「ああ。ほら、お前も渡したい物があるとか言ってたろ？　せっかくだから連れてってやるよ」

男らしい口調とは裏腹に、柚希の顔は緩みっぱなしで、あまりにも分かりやすく浮かれているものだから、自分の抱いていた不安が馬鹿らしくなるほどだった。

「でも、東京まで出るのって結構時間がかかるよ。良いの？」

「やっと星乃叶に会えるのに、東京なんて時間がかかるうちに入んねえよ。あー。すげー久しぶり。最近、写真もきてないしさ。あいつも変わってんだろーな」

「身長は柚希が追い越したもんね」

中学三年生になった頃から柚希の身長は急激に伸び始め、今は百七十センチを越えている。

「そう、そこが重要。彼氏として最も立つ瀬がなかった部分だからな。三年間待った甲斐があったぜ。あいつを見下ろすの、密かな夢だったんだよ」

「そうやって器が小さいことを言ってると、星乃叶に嫌われるよ」

「細かいことを突っ込むなよ。あ、これ、親父たちには内緒な。バレたら、また色々とからかわれるに決まってるからさ」

「分かった。内緒にする」

何もかも嘘ばかりだった。

抱えきれないほどの葛藤で胸が疼《うず》いている。

ごめん。今朝、星乃叶から電話があって、結婚式に参加出来なくなったから、東京で会う話は無しにしてって連絡があったの、とか。本当は柚希の反応を窺った後で、すぐに中止を告げるつもりだったのに、柚希があまりにも無防備に嬉しそうな笑顔を見せるから、それが哀しいまでに幸福な微笑みだったから、紗雪は計画の中止を告げることが出来なかった。

東京へと向かう電車の中、浮かれる柚希を見つめ、罪悪感に苛《さいな》まれる。嬉しそうに星乃叶の話をする柚希に相槌を打つ度に、捩じ切れんばかりに胸が痛む。

あんなにも柚希を大切にしようと思っていたはずなのに、どうして自分はこんな嘘をついて彼を騙しているのだろう。

自己嫌悪にも襲われるが、今更引き返すことなど出来ない。東京に辿り着いた時、紗雪の頭の中にあったのは後悔だけだったが、嘘をつき続けるという選択肢しか残されていなかった。

待ち合わせの場所に星乃叶は現れない。

約束の時刻を二時間以上も過ぎて、告げておいたタイムリミットを過ぎてもなお、柚希はそこから動こうとしなかった。険しい表情のまま、何を語るでもなく、ただひたすらに柚希は星乃叶を待っていた。

一時間が過ぎ、二時間が過ぎ、空も暮れてしまった頃、紗雪はバッグの中の携帯電話が振動していることに気付いた。日常で誰かとリアルタイムなやり取りをする必要がなかったから、いつも携帯はマナーモードにしている。

着信は琉生からだった。こんな時に、いったい何だというのだろう。

柚希の前で取り出した手前、出ないのも不自然だろう。ベンチから離れると通話ボタンを押した。

『やっと出たな』

「何？　要件を言って」

『何度か電話したんだけど、お前、全然出ないし、どうなったかなって思って』

今回の計画は琉生には内緒だ。

「何の話？」

『そこに星乃叶は来ないだろ？』

カッと頭に血が上ったのが分かった。どうして琉生がそれを……。

「……柚希に聞いたの？」

『あいつが星乃叶の話を他人にしないことは、お前が一番よく知ってんだろ？』

「じゃあ、どうして？」

『柚希からの返信は毎回見させてもらっていたからな。悪いけど、こっちもそこまでお人好しじゃないんだ。俺がお前に協力しているのは、お前を口説き落とすためだよ。蚊帳の外に置かれるわけにはいかない』

「ふざけないで」

『ふざけてなんかいない。俺がやっていることがどんなに汚いことだとしても、お前には理解出来るはずだ。そうだろ？』

「もう切る」

『俺の協力がなくなれば、お前はもう星乃叶を騙ることが出来なくなるよ』

「……帰ったら連絡する。今は……」

『分かった。まあ、せいぜい頑張ってくれ』

琉生は狡猾《こうかつ》な男だ。それをこの瞬間、紗雪は思い知る。

彼自身が言ったように、紗雪には目的のために手段を選ばない琉生の気持ちが理解出来たし、責めるだけの正当性も皆無だった。星乃叶を騙る自分も、手紙を盗み見ていた琉生も、恨めしいまでに同類でしかない。

帰宅後の電話で、琉生の手口を知った。

琉生は紗雪に内緒で、大学生のアルバイトにもう一つの仕事を付け足していたのだ。逢坂柚希《あいざかゆずき》から届いた手紙を、一度、速達で琉生に送る。琉生は封を切り、中身をコピーした後、別の封筒に入れてパソコンで作成した宛名シールを貼《は》り、大学生の元に再度送る。そうやってその手紙に消印を押させた後、もう一度自分に送らせ、紗雪に手渡していた。

大学生や琉生が手紙を盗み見ていないか、紗雪はそれを未開封の封筒と消印で判断していたが、この点に関して言えば琉生の方が一枚上手だった。

そして、この秘密はもう一つの事実を明らかにしていた。大抵、柚希が手紙を受け取ってから一週間ほどでアルバイトの大学生の元に返事は届く。つまり柚希は返信に数日をかけていると思っていたのだが、実際には、受け取るとすぐに返事を書き上げ、投函していたということなのだ。

柚希の想いは深い。星乃叶を待つ柚希の横顔を見つめながら思い知ったその事実は、それでも紗雪の心を少しだけ救ってくれた。

大丈夫だ。星乃叶が目覚めるまで、柚希はちゃんと待っていてくれる。いつまでも星乃叶を想い続けていてくれる。すぐにでも星乃叶にそれを伝えたかった。

ラブレターを友人にも読まれていると知ったら、柚希でなくても激怒するだろう。そして、その後で深く傷つくはずだ。嘘をついているのは他ならぬ自分自身だが、それでも紗雪は柚希を傷つけたくなかった。柚希のプライドを少しでも守るために、自分が書いた手紙は見せるから、もう柚希の返信は見ないで欲しい。そう琉生に頼んだ。

琉生はしぶしぶ承知して、それ以来、紗雪は毎回、二通の手紙を書くようになった。

柚希に送るための手紙と、琉生に見せるためだけに書いたフェイクの手紙。

嘘は重ねるほどに上塗りされてゆく。それでも、それが紗雪の生き方だった。

10

星乃叶《ほのか》を騙り始めてからの二年間、こんな穴だらけの嘘がいつまでも通用するはずがないと、紗雪《さゆき》はずっと不安を抱えていた。けれど、柚希《ゆずき》は星乃叶と会えないことを不審に思うこともなく、想像以上に琉生《るい》と始めた嘘は世界を破綻させずに回しているように思えた。そう、あの東京旅行の前までは。

高校一年生の水無月がやってきて、紗雪は混乱していた。

紗雪は部活動に所属していないが、放課後真っ直ぐ帰るのかといえばそうではない。学校の図書室に立ち寄り、『本日の一冊』を借りる。それから芸術棟の四階に移動して、グラウンドでボールを蹴る柚希を眺める。それが日課だった。

体育祭の準備が始まり、図書室の後に寄る場所は変更される。柚希の所属するパネル係の仕事場は格技場の隣だ。移動するまでもなく、図書室の二階からよく見える。カーテンの陰から、紗雪は毎日柚希の仕事を見つめていて、だからこそ、その変化にも容易に気付くことが出来た。

柚希と水村玲香《みずむられいか》の距離は、一ヶ月前に比べて、さらに縮まっている。楽しそうに二人が談笑する姿を目にする時、紗雪が抱くのは混乱にも似た小さな怒りだった。

あの女が一方的に言い寄っているだけならば心配はいらない。中学生の時にも柚希はクラスの女子に告白されているが、その時は迷うこともなく断っていたと、琉生から聞いている。だが、今回は中学の時とは少しだけ、いや、かなり事情が違うような気がした。柚希が迷惑がっていないのだ。むしろ嬉しそうにさえ見える。

ある一つの可能性に思い当たり、恐怖が胸に湧き上がる。まさか、あの東京行きのせいで、星乃叶とのやり取りに柚希が疑念を抱き始めているのだろうか。すべてを知った柚希が黙っているとは思えないから、まだ真実に気付かれてはいないだろうが、これがいつ暴かれてもおかしくない薄っぺらな嘘であることには違いない。

一ヶ月前、東京での待ち合わせに星乃叶が現れなかった理由。それを紗雪は手紙に書けないでいた。都合の良い言い訳を思いつかなかったのだ。どんな言葉を並べても、待ち合わせをすっぽかした星乃叶の評価を柚希の中で落としてしまう。それは星乃叶に対する背信行為だ。

待ち合わせの場所に星乃叶が現れなかったことを、柚希が怒るのも当然だろう。だけど、だからといってほかの女と仲良くするなんて許せなかった。

星乃叶の手紙を思い出す。

『あたしは遠くに離れてしまうけど、柚希の浮気は絶対に許さないから。紗雪。お願いだから、絶対に柚希にほかの女を近付けたりなんかしないでね』

これは星乃叶が警戒し、心配していた事態だ。今、ここにいない星乃叶の代わりに柚希の星乃叶への想いを守る。それが自分の務めであり、ここにいる意味となる。

自転車小屋で二人を待ち伏せて。

「……星乃叶が泣くよ」

そう柚希に告げた時、星乃叶との約束を守ったことにホッとしながら、しかし捩じ切れんばかりの罪悪感をも抱いていた。大切な星乃叶を守るために、しかし、大好きな柚希に嘘をつき続ける。

いつか、こんな自分が許される日などくるのだろうか。

いつまで嘘をつき続ければ、星乃叶は目を覚ますのだろうか。

その後、水村玲香にも警告の言葉を告げて。

紗雪は二人の仲を引き裂いた。

東京での待ち合わせに星乃叶が現れなかった理由、その解答に辿り着けずに悩んでいたら、新たな問題が生じた。夏休みを利用し、柚希が星乃叶の元を訪れようとしていたのだ。柚希が新潟に出向けば、すべての嘘は暴かれてしまう。

琉生に相談すると、また一つ、新たな計画が立案された。

琉生の部活の先輩に、シカゴの大学へ留学が決まった人がいるらしく、彼に頼んでそこに星乃叶が引っ越したことにするのだ。アメリカとなれば簡単に会いに行くことは出来なくなる。

そして、紗雪は柚希のある言葉を思い出した。

『ほら、メールとかなら、いつでも連絡取れるだろ。なんか、そういう当たり前の幸せってあるよなって思ったんだよ』

手紙のやり取りを止めるつもりはない。だが、アメリカに引っ越したからという理由で、Eメールの交換を新しく始めるのは、良いアイデアかもしれないと思った。

時差もあるし、星乃叶は機械音痴だから、リアルタイムに連絡を取り合えなくても、不審に思われることはないだろう。しかも手紙より高い頻度でやり取り出来る。

星乃叶をもっと身近に感じられるだろうし、琉生に覗かれる心配もない。

ゴールデンウィークの事件から二ヶ月後、七月の頭に柚希からの手紙が届き、紗雪は取得したフリーアドレスから、柚希の携帯にメールで返事を送ったのだった。

11

それは高校一年生の夏休みの出来事で、予期せずやってきた。

夜、紗雪《さゆき》が自室で読書をしていると、母の遥《はるか》がノックをして入ってきた。両親が紗雪の部屋にやって来るのは極めて珍しい。

「何？」

遥の表情から、その感情は読めない。

紗雪は昔から母のことが苦手だった。父とはお互いに過度の干渉をし合わない、良好な距離関係にある。だが、遥のことは心のどこかで、いつも小さく恐れていた。

母は包容力があって、頭が良くて、感情の機微にも鋭い。しかし、多くを語らないし、気付いていても、言うべきではない言葉は飲み込む。

遥の穏やかな眼差しで見つめられる時、気持ちが張りつめてしまう自分を紗雪は知っている。この母親は自分のことをどこまで理解しているのだろうか。娘は無口で何を考えているのか分からないなんて、父の前では話を合わせているけれど。本当は、この人は……。

「何の本を読んでいたの？」

読み進めていた本の背表紙を母に見せる。

ベストセラーの翻訳児童文学で、お気に入りのシリーズではあるのだが、和訳にセンスを感じず、タイトルを口に出したくなかった。

「面白い？」

「普通」

「そう、良かったね」

紗雪にとって『普通』という言葉が最上級に近い褒め言葉だということも、母には筒抜けのようだった。

「何の用なの？」

児童書に指を挟んで、一度閉じる。

「用がなきゃ、部屋に来ちゃいけない？」

「試すようなことを言わないで。お母さんは用がなきゃ私の部屋には来ない」

一度、部屋を見回した後、母は穏やかな声で告げる。

「もう、星乃叶《ほのか》ちゃんのことは柚希《ゆずき》ちゃんに話したの？」

背筋が凍りつく。

母は答えが分かっていて聞いている。そういう人だ。

「……どうして、そんなことを聞くの？」

「昨晩、健一《けんいち》さんとそんな話になってね。星乃叶ちゃんのことを知らなかったから」

ついにきてしまったか。そう思った。

ハリボテだらけの嘘だ。三年もっただけでも奇跡のようなものだ。

母に嘘をついても意味がない。観念して紗雪は正直に告げる。

「柚希にも逢坂《あいざか》さんにも、まだ話していない」

「そう」

生まれてこの方、愚痴られることはあっても、はっきりと両親に怒られた記憶はない。どんな風に母は自分を責めるのだろうか。

遥は紗雪を見つめながら、じっと何かを考え込んでいて、覚悟を決めたのに、いつまで経っても母の叱責《しっせき》は始まらなかった。

児童書に挟んでいた指を、そっと抜いて。

「お母さん、逢坂さんに星乃叶のことは説明した？」

沈黙の圧力に耐え切れず、紗雪はその質問を口にした。

「そりゃね。話さないわけにはいかないでしょ。でも、柚希ちゃんの前では知らない振りをするように頼んでおいたわ」

とても意外な言葉が返ってきた。

「どうして？」

そうしてくれたのは嬉しいけど、母は自分のしたことを怒っていないのだろうか。

「さゆが、どうして星乃叶ちゃんのことを話していないのか。私は分からないけどね。でも、話していないんじゃなくて、話せていないんでしょ？」

遥の聡明《そうめい》な目が紗雪を捉えていた。

「同じ状況でも、全然、違うものね」

ベッドに腰掛ける紗雪の隣に、遥は座った。それから紗雪の頭を優しく撫でる。

「さゆは大丈夫なの？」

「どういう意味？」

「失えるものが少ない人間の方が、痛みは大きいでしょ。星乃叶ちゃんがあんなことになって、さゆが毎日どんな気持ちでいるのか。私たちだって考えてはいたもの。さゆは何も言わないし、聞いて欲しくなさそうだったから、気付かない振りをしていたけどね」

そうか。母は自分を叱責するためにやってきたわけではなかったのだ。

「心配してくれていたってこと？」

「そうね。不安はあったわね。でも、きちんと親に相談しなさいなんて言っても、さゆには無理でしょ？　出来ないことはしなくて良い。手が掛からないのも寂しいものなんだけど、あなたは概ね、良い娘よ」

自分の奥底までをも見透かす、この人は苦手だけど、娘にとって逃げることの出来ない存在が母親であるならば、この人が自分の母で良かったのかもしれない。

「柚希ちゃんにはどうするの？」

「……そのうち言うと思う」

「そうね。その方が良いわ」

遥は立ち上がる。

「お母さん、柚希のことは私に任せて欲しい。お父さんにも、逢坂さんにも黙っていて欲しい」

「了解」

「ありがとう」

「さゆが何を考えているのか、私には分からないし、聞くつもりもないけど。これは約束して」

遥は自分の心臓の辺りを、人差し指でトントンと叩いた。

「投げやりになっては駄目よ。感じ方が雑になると、大抵のことは上手くいかなくなる」

「覚えておく」

「それともう一つ。星乃叶ちゃんのお見舞いに行くために、お金を貯めたりなんてしなくて良いんだから、お小遣いは自分のために使いなさい。お見舞いに行くお金は出してあげるから、欲しい時はきちんと言いなさい」

「はい」

紗雪の答えに遥は満足そうに頷き、ドアに手を掛けながら告げる。

「私は、さゆの判断を信用しているから、あなたの思うようにやりなさい。でも、それで、どうしても駄目になったら、その時は頼ってくれて良いんだからね」

例えばこの先、どうにもならなくなったとしても、多分、自分は誰にも頼らない。

だけど、そうするつもりなどないけど、でも、頼れる場所があるというのは幸せなことであると、それだけは理解出来ていた。

12

高校一年生、九月の終わり。紗雪《さゆき》にとって大事件が起こった。

柚希《ゆずき》が部活で大怪我を負い、図らずも引退することになってしまったのだ。柚希が小さい頃からサッカー一筋だったことを紗雪は知っている。小学四年生で部活を始めてから、ずっと脇道に逸れることなく、気持ちの強い方に転がるという、あのボールを柚希は蹴り続けていた。

足首の複雑骨折、完全治癒までは一年近くを要するとのことで、一週間の入院後、柚希は松葉杖で退院し、その日から紗雪の生活は一変した。


松葉杖で両手が塞がっても、リュックを担げないわけではない。

バス停は家から近かったし、学校の目の前で降りることが出来る。それでも、紗雪が柚希の手助けをすることは、ごく自然なことだった。毎日、柚希のバッグを手に取り、彼の歩調に合わせて登校する。放課後になれば当たり前のように柚希のクラスに出向き、やはり彼のバッグを手にして共に帰宅する。そんな日々に紗雪がどれだけの幸福と充実を感じていたか。きっと誰も知らなかったことだろう。呼吸の音が聞こえる距離で柚希と肩を並べる。そこは紗雪が、ずっと夢にまで見ていた場所だった。

季節は秋を越え、やがて寒々とした空気に染まる冬がやってきて。

テスト期間中のバス停、松葉杖で両手が塞がっている柚希にも見えるよう、教科書を広げて二人で覗いたり、はたから見れば幸せな恋人同士のような、そんな毎日に紗雪の心は満たされていく。

棒針編みなんて初めての経験だったし、幾つもの失敗作を生んでしまったけど、ようやく納得がいくだけのクオリティでマフラーを編み上げて。

「星乃叶《ほのか》からのプレゼント」

そんな風に告げながら、寒そうな柚希の首にかけてやった。そうして感じる吐息にさえ触れる距離は、恋人同士のそれに相違なかったから、紗雪は自らの本当の願いに気付いてしまった。

美蔵《みくら》紗雪《さゆき》は舞原《まいばら》星乃叶《ほのか》になりたかったのだ。柚希が怪我をしていた三ヶ月間、紗雪は確かに星乃叶だった。柚希に必要とされ、柚希に感謝され、柚希の一番近くで彼のために生きていた。

想いは高ぶり、愛は募《つの》る。

一つだけ、確かなことがある。柚希は星乃叶を好きだけど、でも星乃叶の次くらいには自分を大切にしてくれている。隣にいることを許されて、いつまでも柚希の近くにいられるのならば、星乃叶の次で構わない。星乃叶の次に大切な人になれるならば、それは十分過ぎるほどに幸せなことだった。

六月になり、柚希が映画館でアルバイトを始める。

こっそり何度か様子を見に行ったのだが、バイト先の映画館には女子が多く、柚希はバイトに疲れているどころか、むしろ充実しているような有様で、学校では居眠りが増えたくせに、放課後の活動には精を出している。

再度、不安を募らせるようになった紗雪を見て、琉生《るい》がまた一つ新たな計画を立案した。柚希がほかの女に関心を向けないよう、星乃叶を騙って電話をかけることにしたのだ。琉生が連れてきた高校の女の後輩に、簡単な事情を説明した後、星乃叶の口癖を練習させて準備を進めていく。

もともとあの二人の会話では、星乃叶が八割以上の主導権を握っている。一方的に星乃叶が自分の話だけで会話を完結させたとしても不自然ではない。

ソファーに腰掛けながら、突然の星乃叶の電話に戸惑う柚希を眺める。

柚希の声が、キー一つ分だけ高くなっているのが分かる。

その相手が星乃叶であると信じて疑いもしていない。

受話器の向こうから聞こえてくる声は星乃叶じゃないんだよ。どうして気付かないの？　本当に星乃叶のことが好きなんだったら気付いてあげてよ。

嘘を仕掛けたのは自分たちだ。柚希を責める資格なんてない。それでも、紗雪はその短い通話が終わる瞬間まで願っていた。星乃叶を愛しているなら、それが星乃叶でないと気付いて欲しい。柚希には星乃叶でなきゃ駄目なのだということを、思い知らせて欲しい。しかし、紗雪の願いは叶うこともなく、用意された計画は完璧《かんぺき》な終焉《しゅうえん》を迎えた。柚希はそれが星乃叶だと信じて疑っていなかった。

そして、それから数ヶ月後。

嘘をつき続けた紗雪を罰するかのように、最悪の報が舞い込むことになる。

13

それは高校二年生の冬休みのことだった。

『大切な話があるから、時間を見つけて星乃叶《ほのか》に会いに来て欲しい』

星乃叶の父、慧斗《けいと》から年末に手紙を受け取り、正月が明けてから、星乃叶の家へと向かった。

病状が安定した後、治療は自宅療養に切り替わっており、現在の星乃叶は訪問看護と慧斗の世話に頼って生きている。

度々お見舞いにきていることもあり、紗雪《さゆき》は自宅の合鍵をもらっていた。最後に訪れたのは十一月の祝日だから、星乃叶の顔を見るのは二ヶ月ぶりとなる。

一月の新潟市は驚くほどに冷えて、駅に降り立つと一面が雪で彩られていた。


星乃叶の自宅は、慧斗が勤める『桜塚《さくらづか》総合クリニック』から歩いて三分ほどの場所にある。病院の傍にはビッグスワンと呼ばれる綺麗なサッカースタジアムがあって、雪降る街中を走るバスの窓際、三人でこのスタジアムに来た日のことを思い出した。

あんな風にして自分たちが集える日は、いつかもう一度くるのだろうか。

ここ数ヶ月、星乃叶は肺炎を頻発していて、今週、退院したばかりだという。意識のない星乃叶は、それでも必死に生きているのに、こんなにも次々と不幸に襲われてしまう。運命はどれだけ星乃叶を苦しめれば気が済むのだろうか。

肺炎にかかる度に、生死の淵《ふち》を彷徨《さまよ》ってきたからだろう。久しぶりに会う星乃叶は、以前よりもさらに痩せていて、薄暗い日々の続く新潟の天候のせいもあるかもしれないが、文字通り不健康なまでに白い肌をしていた。

頬がこけ、少しだけ面長になった星乃叶からは、かつてのあどけなさが消えたけど、その長い睫毛《まつげ》も、美しいラインの鼻梁も、あの頃のままだ。紗雪は今でも、星乃叶が世界で一番綺麗だと思っている。

憧憬《しょうけい》にも似た幼さが消え去っても、その瞳が世界を何年も知らないままでも、星乃叶の美しさは色褪せたりしない。

星乃叶が眠るベッドの脇には、相変わらず栄養剤と吸引器が引っ掛けられた点滴台が立っていて、埃《ほこり》と錆《さ》びた鉄パイプに、経過した時の長さを思い知らされる。

星乃叶の傍らで半日を過ごした後、夕方、仕事を終えて帰宅した慧斗と再会した。

遠方からのお見舞いを感謝した後、慧斗は深刻な顔で黙り込んでしまう。

大切な話とは一体何なのだろう。星乃叶の状態が改善されていない以上、それが歓迎されるべき話だとは思えなかったが、見当もつかない。そして、やがて決意を固めた慧斗より告げられた言葉は、紗雪の予想を遥かに上回る最悪のものだった。

「星乃叶の延命治療をやめようと思っている」

名状し難い衝撃が紗雪を襲う。

無表情の慧斗は窓の外を見つめて。

朝から降り続いている雪が、ぼたん雪に姿を変えていた。

「今日の帰りの新幹線は動かないかもしれないね」

そんなことはもう、どうでも良かった。

「植物状態の人間に対する延命治療の中止は認められていないはずです」

星乃叶の身にこの惨劇が降りかかった四年前、紗雪は昏睡状態に関する医学書を十冊は読んでいる。うろ覚えの知識で言葉を放ち、慧斗の顔色を窺う。

「栄養剤の投与をやめようと思ってるんだ」

耳にした言葉が信じられなかった。運命みたいなものがあるとして、そいつが鎌を持っているのならば、それが星乃叶の首にかけられていた。

「あなたは父親なのに星乃叶を殺すんですか？」

苦渋に満ちた眼差しのまま、慧斗は力なく紗雪から目を逸らす。

「もう、疲れたんだよ」

そう漏らすように呟いた。

疲れた？　本当にこの男はそう言ったのか？

「きついんだ。目覚める可能性のない娘を信じて朝から晩まで働いて、でも借金は増えていくばかりで、僕がいる場所は、アリ地獄なんだよ。救いなんてどこにもない、そういう場所なんだ」

だけど、星乃叶は生きている。いつか起こる日の奇跡を信じて、ベッドの上で栄養剤に頼りながら、肺炎と闘いながら、それでも生きてきたじゃないか。

「もう、こんな生活は終わりにしたいんだ」

でも、星乃叶は死ぬ。

今度こそ本当に死んでしまう。

冷えた睦月《むつき》の何もかもを嘘に変えてしまうような、そんな熱い涙が一筋流れて。

「……嫌です」

ようやく、紗雪はそう言った。

持っていたバッグの中から財布を取り出して、帰りの交通費として持ってきていた三万円をテーブルの上に差し出す。

「金銭的な問題なら、私が働いて、どんなことをしてでもお金を稼ぎますから。だから、星乃叶を諦めないで」

言葉を漏らす度に、涙が溢れてきて。

「たった一人の友達なんです。世界で一人だけの親友なんです」

震える唇で言葉を続ける。

「お願いします。何でもしますから、星乃叶を殺さないで下さい」

その時、慧斗が見せた表情を形容する言葉を、紗雪は知らなかった。

同情でも憐れみでも困惑でも戸惑いでもなく、どうして良いか分からなくて、でも、何か言葉を返さなくてはいけなくて、慧斗は紗雪を見つめていた。


多分、文字通り、一時間くらいの沈黙が二人の間に流れて。

それから。

「ごめん。……でも、もう決めたんだ」

慧斗は消えそうな声で漏らした。

「今月で栄養剤の投与を中止する。ご両親にも伝えて欲しい。最後に星乃叶の顔を見たいようなら、今月中に……」

その時、世界が崩壊していく音を、紗雪は確かに聞いた。

星乃叶の代わりに自分が死ねるなら、どんなに幸せなことだろう。

新幹線の発車を待つホームのベンチで、膝を抱えて寒さに震えながら、畏怖《いふ》の念に打たれ、紗雪は運命を呪《のろ》っていた。

抗うことを許されないのだとしたら、生まれてきたくなんてなかった。

星乃叶と柚希が幸せになれないのだとしたら、こんな人生に意味なんてない。

14

自宅に戻った翌日。紗雪《さゆき》は琉生《るい》をファミレスに呼び出し、感情に任せて思いをぶちまけると、彼に協力を迫った。栄養剤の投与を中止しようという慧斗《けいと》の意思を変えさせる。どうしても説得に応じない場合は、最終手段として慧斗を告発する。

琉生は反論もせずに黙って耳を傾け、話を最後まで聞いた後で、優しく告げる。

「俺たちは舞原《まいばら》さんの気持ちを分かってあげなきゃいけないんじゃないのかな」

琉生の口から出てきた言葉が信じられなかった。いつだって琉生は願いを叶えるために協力してくれていたのに、よりによって、どうして今……。

迷いのない琉生の表情を目にし、説得を諦め、紗雪は立ち去ろうとしたのだが、その腕を強く摑まれた。

「どうして、お前はそこまで星乃叶《ほのか》のために尽くすんだ？」

「理由なんてない」

そうだ。星乃叶を助けるのに理由なんて必要ない。

「お前のそういう真っ直ぐで不器用なところが俺は好きだよ」

「悪いけど、私は琉生のことをそういう風には思えない。腕を放して。協力してくれないなら、もう話すことはない」

だが、振りほどこうとしても、琉生はその手を放してはくれなかった。

「お前、舞原さんの気持ちはちゃんと考えたのか？」

琉生を睨みつける。

「考える必要なんてない」

「そう言うと思ったよ。お前はいつも星乃叶と柚希《ゆずき》のことしか考えていないもんな。お前が星乃叶と柚希以外の人間を大切に出来ないのは分かるよ。今、どんなに苦しんでいて、どんなに不安のどん底にいるのかも理解しているつもりだ」

「じゃあ、どうして協力してくれないの？」

「お前のためだよ。星乃叶があんなことになって、身代わりになるって決めた日から、お前は自分を殺したんだ。でも、お前は美蔵紗雪《みくらさゆき》だろ？　いつまでも星乃叶の身代わりをする必要なんてないんだ。お前自身の幸せを考えたって、誰もお前を責めたりなんてしない。この四年間、柚希を支えていたのは誰だ？　星乃叶じゃないだろ？　お前だろ？　何でお前が柚希に想われちゃいけないんだよ？　どうして、そうやって自分の気持ちを殺そうとするんだよ。お前だって柚希のことが好きなんだろ？　小さい頃から、ずっと柚希が好きだったんだろ？」

紗雪は無表情のまま、琉生の話を聞いていた。

「俺だって星乃叶に死んで欲しくなんてないよ。だけど今の星乃叶は死期を待ちながら、肺炎で入退院を繰り返して、ただ苦しんでいるだけじゃないか。星乃叶と舞原さんが楽になって、お前が星乃叶の呪縛から解放されるなら、その方が良いんじゃないかって、そんな風にだって思ってしまう」

「……それで話は終わり？」

憐れみの眼差しで自分を見つめる琉生に、一度、視線を投げつけて。

「終わりなら私はもう行くから」

紗雪は琉生の手を振りほどき、伝票を手にそこを立ち去る。

琉生は分かっていない。まるで理解なんてしちゃいない。

自分の幸せを考える？　柚希と星乃叶の幸せを叶えること、それこそが自分の望む幸せだ。あの二人が幸せになれる未来以外、何一つ必要ないのだ。

ファミレスを出てＡＴＭに向かい、自分の口座から預金をすべて引き出す。痛み続ける胃を押さえながら、それでも迷うことなく、そのまま駅へと向かった。

15

二人きりだった。

電気をつけていないその部屋を照らすのは、差しこんでくる薄暮の光だけ。

紗雪《さゆき》と星乃叶《ほのか》と、二人は手を繋ぎ、お互いの温もりを伝え合う。

雪が染み込んでしまったのではないかと、そんな風に見紛うほどに星乃叶の素肌は白い。彼女の瞼にかかる前髪を払い、紗雪はその額に小さくキスをした。

規則正しいリズムの呼吸は、星乃叶が確かに生きていることを教えてくれるけど、希望の根拠としては、あまりにも頼りなかった。

彫刻のように変わらない無表情な眼差しは、星乃叶の暗雲立ち込める未来を想起させる。

星乃叶の細く華奢《きやしゃ》な手を両手で握り締めながら、それを額に当てる。冷えた星乃叶の指先が、紗雪の額の熱を奪っていく。このまま自分の命を引き換えに出来たとしたら、どんなに幸せだろう。

「……星乃叶」

彼女の名前を呼んでみる。

「起きてよ、星乃叶」

強く願いを言葉に込めて呼んでみる。

届かない言葉は白い吐息と共に消え、あまりにも無力な自分が恨めしくて、このまま華奢な星乃叶の指で、自分の首を絞めてしまおうかとも思った。

誰かに肩を叩かれて。

はじかれたように顔を上げ、部屋の明かりに目が眩《くら》んだ。

いつの間にか眠っていた……？

自分の両手はしっかりと星乃叶の手を握りしめている。意識せぬまま、ベッドに突っ伏し、眠ってしまっていたのだ。

朦朧《もうろう》とする頭を必死に立て直し、振り返る。

そこに立っていたのは、母の遥《はるか》だった。

「どうしてここに……」

母の後ろには、父の友樹《ともき》と琉生《るい》がいた。

「嶌本《しまもと》君から事情を聞いたの」

遥は紗雪の額に触れて。

「赤くなってるよ。そんな体勢で眠って、関節が痛くなったでしょ」

母の手を払いのけると、紗雪は立ち上がった。

「私を止めに来たの？」

「星乃叶ちゃんに会いに来たのよ」

別れのためか？　そんなことさせるものか。

「星乃叶は殺させない」

自分を見つめる三人を睨みつける。

「さゆ……」

「星乃叶は絶対に殺させない！」

叫んだ。紗雪の悲鳴のような叫び声に窓が軋《きし》む。

サイドテーブルの写真立てを手に取り、その角を母に向ける。

「星乃叶を殺そうとしたら、お母さんでも許さないから！　私は絶対に星乃叶を守るんだから！」

「さゆ……」

「星乃叶は生きてる！　まだ、ちゃんと生きてる！」

遥の両目から涙が溢れ、それから母は紗雪を抱きしめた。

「さゆ……ごめんね。本当にごめんね……」

「何でお母さんが謝るのよ！　悪くないのに謝らないでよ！　そういうところが嫌いなの！　お母さんの正しいところが大っ嫌い！　正しくなんてなくて良いから、私の味方をしてよ！　一緒に星乃叶を守ってよ！」

紗雪は叫ぶように泣き崩れて、遥もまた、泣きながら紗雪を抱きしめた。

「ごめんね。……さゆ……星乃叶ちゃんも……ごめんね……」

「謝らないでって言ってるでしょ！」

抱きしめられているせいで力にならない、その拳で遥の背中を叩いた。

「私が死ねば良かったんだ！　柚希《ゆずき》が好きなのはずっと星乃叶だもん！　私じゃない

んだもん！　だから、私が替わりに死ねば良いんだ！　星乃叶は死んじゃ駄目なの！」

　男たちは立ち尽くし。

　紗雪と遥、二人のしゃくりあげるような泣き声だけが響いていた。

　叫んでも、嘆いても、未来は変わらない。どれだけ自分が抵抗しても、星乃叶の延命治療は今月で中止されてしまう。そんなことは紗雪にも分かっていた。

　無駄な抵抗。たった一つ願う未来さえ叶わない。

　自分はそういう虫けらみたいな人間なのだ。

「……美蔵《みくら》」

　琉生がその名前を呟いて。

　真っ赤に泣きはらした目で紗雪が彼を見ると、琉生はベッドを指差していた。

「動いた」

　言葉の主語を考察する。結論に達するより早く、

「星乃叶の指が動いてる」

　はじかれたように紗雪はベッドに向き直る。それはついさっきまで紗雪が握りしめていた星乃叶の左手で、その人差し指は、確かにシーツをなぞるように上下している。

「星乃叶！」

悲鳴のような言葉が喉から飛び出し、その指を両手で抱え込むように握り締める。

祈るように星乃叶のその手を額に当てた時、

「う……うぅぅ～……」

うめくような彼女の声が耳に届いて。

はじかれたように星乃叶を見ると、その顔が寝起きで駄々をこねる幼児のように小さく歪んだ。そして、それから、ゆっくりと彼女の両の瞼が開いていった。

16

昏睡状態に陥ってから、四年と四ヶ月。

大切な親友を守るために紗雪《さゆき》が吠えたその夜、舞原星乃叶《まいばらほのか》は目を覚ました。

その後、星乃叶が抱えることになった後遺症が軽いものなのか、それとも嘆くに値するだけのものだったのか、それは紗雪には分からない。しかし、ただ一つ、疑いようのない事実がある。それは、意識の戻った星乃叶は、事故の前と何ら変わらないままの彼女ではいられなかったということだ。

当初、誰もが星乃叶は記憶喪失になってしまったのだと思った。星乃叶は自分のことが分からなかったし、言葉も喋れない。時折うなったり、泣きだしたり、声を発せないわけではなかったが、会話をすることは出来なかった。

脳のMRIを撮ってみても、星乃叶の現状を判明させ得るだけの結果は得られず、彼女を回復させる方法も、同様に見当がつかなかった。

幼児退行という言葉が相応しいのだろうか。星乃叶は記憶も日本語も何もかもを忘れていて、その仕草は身体の大きい幼児と相違なかった。

人間の脳には何が起きても不思議ではないから希望を捨てないで。そう看護師は慰めの言葉をかけてきたけど。

「おそらく、今後も星乃叶さんが昔の自分を取り戻すことはないでしょう」

目を覚ましてから数ヶ月後、経過を見守る主治医はそう断定した。星乃叶は一命を取り留めたが、代償にこれまでの自分を失ってしまったのだった。

星乃叶が目覚めたことは、僥倖《ぎょうこう》以外の何ものでもない。しかし、幼児と変わらない星乃叶を残して働きに出ることなど出来るはずがなく、慧斗《けいと》は転職を余儀なくされる。

病院の紹介で、東京で出来る在宅の仕事を見つけ、二人は上京することになった。

星乃叶との物理的な距離が縮まり、休日になる度に、紗雪は星乃叶の元を訪れる。目を覚ました当初こそ、紗雪のことも慧斗のことも認識出来なかった星乃叶だが、次第に二人のことは分かるようになり、星乃叶は紗雪を見つけると、笑顔を向けてくるようになった。

目を覚ましてから半年が過ぎて。

星乃叶は摑まり立ちをしたり、あどけないながらも様々な物に関心を示すようになる。精神面でも少しずつ成長を見せ始めていた。

遊びに行く度に、紗雪は星乃叶を優しく抱きしめて、星乃叶の方が紗雪より身体も大きいのだが、気付けば、星乃叶が紗雪の腕の中で眠っていることがよくあった。

未だ柚希《ゆずき》への嘘は継続している。

星乃叶は目を覚ましたが、事態は想定外の結末を迎えた。星乃叶のためを思ってつき続けた嘘の舞台に、彼女は戻って来なかったのだ。

柚希への罪悪感を抱えながら、犯し続けた罪は無駄だったのだろうか。その答えは分からない。星乃叶が目を覚まし、彼女の症状に結論が出た今、もう嘘を貫き通す意味などないのかもしれない。今すぐ柚希に謝罪し、左の頬を差し出した後、右の頬も差し出すべきなのかもしれない。だが、それでもなお紗雪は迷っていた。

幼児にまで精神状態が戻ってしまった星乃叶だが、この数ヶ月で確かな成長を遂げてもいる。幼子が人として生きていくための社会性を少しずつ手に入れていくように、星乃叶もゆっくりと、しかし、確実に成長を見せている。

「おそらく星乃叶さんの成長は、幼児と変わらないものでしょう。ですが、どこまで正常性を取り戻せるかは未知数です」

主治医の言葉は正鵠《せいこく》を射抜いていて。

半年で身体的には完全に回復したのに、星乃叶が歩けるようになったのは、退院より数ヶ月後のことだった。言葉はまだ上手く喋れず、しかし、それでも泣いたり笑ったりしながら、その意思を示すことは出来るようになっていた。

『紗雪、あたしはね。柚希の前ではいつだって綺麗でいたいの。すごく可愛いって、いつも思ってもらいたい』

中学一年生の夏、別れの夜に受け取った手紙の中で、星乃叶はそう書いていた。こんな風になってしまった自分を、星乃叶は柚希に見られたいと思うだろうか。

断じて、答えは否だ。

一人では用も足せない。そんな現状を大好きな柚希に見られたいはずがない。星乃叶がどこまで正常性を取り戻せるか、主治医は未知数だと言っていたけど、今、星乃叶は確実に成長しているのだから、もう少しだけ待ってあげたい。

出会った柚希を一人の男の子として認識出来る程度にまで回復してから、星乃叶を柚希と会わせてあげたい。

琉生《るい》と二人で星乃叶に服や小物をプレゼントし、近くの公園や小洒落た場所で写真を撮って、柚希への手紙に同封する。

あれは、いつだったろうか。公園の花壇に、かすみ草を見つけて、星乃叶の好きな花だと琉生に告げたら、英語の名称を教えてくれた。

『Baby's breath』

それは、ハッとしてしまうほどに素敵な名前だったが、星乃叶がかすみ草を好きだったという事実が、この未来を暗示していたみたいで、感傷的にもさせられた。

星乃叶は元気でやっているよ？

星乃叶のことを忘れちゃ駄目なんだよ？

かすみ草をバックに星乃叶が微笑んでいる写真、送られてきたそれを嬉しそうに柚希が見せてくれた時、零れそうになる涙をこらえるのに必死だった。

柚希の手の中で微笑む星乃叶は美しい。

紗雪が髪を伸ばしたのも、ピンク色の携帯を買ったのも、赤い髪留めを使用するようになったのも、すべては星乃叶を真似してのことだった。

大好きだった星乃叶は今、笑えるようになった。

憧れだった二人の未来だって、近付きつつある。

高校三年生になり、柚希は神奈川の私立大学を志望校とする。

高校進学と同様、紗雪は同じ大学へ行くつもりだった。国公立は二次で失敗して落ちたことにすれば良い。すべり止めとして柚希と同じ大学を受けておき、そこに落ち着いた振りをする。紗雪はそう考えていたのだが、事態は高校進学時より複雑なものとなってしまう。

アルバイトを辞め、本気で受験勉強を始めた柚希の成績が驚くほどに伸びていったからだ。

柚希が国立に受かる可能性がある以上、自分がわざと落ちることは出来なくなる。そして国立に受かってしまえば、そこを蹴ってランクの落ちる私大に入学することは出来ないだろう。金銭的な負担をかけるだけに、親を説得出来るだけの理由が見つからない。

紗雪は苦渋の決断を下し、前期試験で国立大学への進学を決める。その後、結局、柚希は後期試験で同じ大学に合格を果たし、皆に散々奇跡だと言われていたのだが、紗雪は運命だと思っていた。

今まで共に歩んできた道のりは、いつも紗雪が選んだものだった。高校も、芸術選択も、文理選択も、理社の科目選択も、すべては柚希と同じクラスになるために選んだ選択肢だった。だけど、今回だけは違う。

自分が選びとり、そこに後から柚希がやってきたのだ。偶然や奇跡なんかであるものか。運命なんて信じていないけど、自分たち三人だけは、そういう何かで強く引き合っている。

アパートを決める話し合いが両家でなされた時。

同居はしないという紗雪の意思に、親たちは驚いていたが、そんなことは当然だった。今の星乃叶を柚希が受け止めてくれる保証はどこにもないけど、でも、柚希の恋人は星乃叶なのだ。星乃叶を差し置いて柚希と暮らすような、そんな裏切り行為を出来るはずがない。

柚希の傍にいたいという願いは、少なくともあと四年は叶う。

それで良い。それだけで十分だった。

新しい住居での生活が始まって。

一般教養の講義は午前に集中していたから、登校は大抵一緒だった。

座席表もないから、同じ授業ではいつも柚希の隣で、新生活に慣れるまでは柚希もアルバイトをするつもりがないらしく、夕食はいつも二人きりだった。二人だけの静かな夜だった。

自分が選んできた道が正しかったとは思わない。つき続けてきた嘘を正当化するつもりもない。それでも、後悔はなかった。

星乃叶と柚希のために、自分は出来るだけのことをやってきた。歩いてきたのは最善の道ではなかったかもしれないが、最悪の道でもなかったはずだ。

六月になり、柚希がアメリカの星乃叶を訪ねると言い出した。

今更驚きも戸惑いもしない。大学生になれば、確実にそういう日が来るだろうと、心の準備を整えていたからだ。つき続けてきた嘘は、ここで終わりにしよう。片言ではあるが、星乃叶は少しずつ喋れるようになってきている。頃合いだった。

しかし……。

星乃叶の前に敷かれた運命のレールには、また一つ、障害が築かれていた。

紗雪が柚希への告白を決意した後、琉生が残酷に過ぎる真実を告げる。

舞原慧斗の余命は、残り一ヶ月だった。

その夏、星乃叶は最後の家族を失おうとしていた。

第五話

星の家族

1

扉を開けた先で眠っていたのは、舞原星乃叶《まいばらほのか》その人だった。

ずっと想い続けてきた大切な恋人。もう何年も写真や夢でしか会っていない彼女が、ベッドに横たわっている。

長かった髪は肩の辺りで切り揃《そろ》えられていて、記憶の中では幼さが残る輪郭も、どこかシャープなものに変容していた。それでも、整った鼻梁とか、切れ長の目とか、星乃叶らしい美しさはあの頃と何一つ変わっていない。

大人びた容姿で気持ち良さそうに眠る彼女の寝顔は、二十歳が近付いてなお、愛くるしいという表現が似つかわしい。

「星乃叶」

優しく琉生《るい》に呼ばれ、ベッドで眠る星乃叶が身体をくねらせた。覚束無い手つきでシーツが摑まれ、その指の先で皺《しわ》が広がる。

「ん……んんー」

寝起きの赤ちゃんのような声をあげて、それから星乃叶は微かに目を開けた。眩しそうに瞬きが繰り返されたが、彼女は誰のことも見ようとはしない。

「んあぁ」

「星乃叶？」

戸惑いながらかけた俺の声に反応したのか、ようやく彼女の両目がはっきりと開かれる。しかし、その視線は俺を捉えたはずなのに、まるで路傍の石ころでも眺めるみたいな様子で、ゆっくりと上半身を起こすと、寝癖の残る漆黒の髪に手を入れ、無造作に頭を掻いた後、無邪気に両手を伸ばしてベッドに再度倒れ込んだ。

どうして俺を見ないんだ？

「……星乃叶？」

なあ、何でそんな風に寝惚けた振りなんかしてんだよ？

琉生が傍に寄り、その頭を撫でると、途端に彼女の顔がほころんだ。

「何なんだよ。なあ……これは何なんだ？」

声が震えていた。

星乃叶は頭を撫でられて、嬉しそうに目を閉じる。

「琉生。星乃叶は……」

笑顔で空《くう》を見つめる星乃叶の脇、ベッドサイドのテーブルに何枚もの写真立てが飾られていることに気付く。それらはすべて俺の写真だった。星乃叶に手紙でねだられる度に送っていた俺自身の写真。それが今、目の前に並んでいる。

「何なんだよ……」

人間は混乱すると膝に力が入らなくなるらしい。

両膝から崩れ落ち、俺は床に額をあてた。冷たい床が恐怖にとらわれていく思考を冷やしてくれて、訳も分からずに頭を抱えた。

「琉生！」

悲鳴のような叫び声が聞こえ、顔を上げると、入り口に紗雪《さゆき》が立っていた。

紗雪は床に座り込んでいる俺を一瞥してから、琉生の元へと歩み寄ると、恐ろしく歪んだ顔で睨みつける。

「紗雪。これはどういうことなんだ？　星乃叶はどうしちゃったんだ？」

紗雪は顔をしかめたまま口を開かない。

「なあ、俺たちアメリカに行くんじゃなかったのか？　どうして星乃叶が日本にいるんだよ？　事故にでもあったのか？　何で……」

「星乃叶はアメリカになんて引っ越していない。全部、嘘だ」

力なく答えたのは琉生。

「嘘って何が？　星乃叶はアメリカにいたよ。向こうの大学に通うって、俺は六月にそう言われたばかり」

「だから嘘なんだよ。全部、作り話なんだ」

「意味分かんねえよ。星乃叶が今ここにいるのは認める。ちょっとよく分かんねえことになっているのも理解した。けど、俺らはずっと連絡を取り合っていたんだ」

琉生は俺から目を逸らし、紗雪に視線をやった。

「美蔵《みくら》、もう良いだろ？　こうなる日が遅かれ早かれくるってことは分かっていたんだ。舞原さんがああなってしまった以上、柚希《ゆずき》にはすべてを話さなきゃ駄目だ。美蔵、お前が全部、話さなきゃ駄目なんだよ」

紗雪の顔には怒りも悲しみも浮かんでおらず、ただ、星乃叶だけを見つめていた。

「……星乃叶は、もう星乃叶じゃない」

ようやく口を開いた紗雪は、消えそうな声でそう言った。

「嘘っていうのは？」

「六年前に星乃叶は死んでしまった」

「六年？　こうなったのは最近の話じゃないってことか？　じゃあ、何なんだよ。手紙とメールは？　電話は？　全部何だったたってんだよ！」

「叫ばないで」

「紗雪！」

「叫ばないでって言ってるでしょ！」

生まれて初めて、紗雪の怒声を聞いて、俺は自分が何も知らない、ただの道化だったことに気付き始めていた。

まるで反転でもしたかのように視界が霞《かす》む世界の中心で、無邪気な星乃叶の笑い声だけが響いている。俺たちのやり取りになんか見向きもせずに、星乃叶はただ、抱えたクマのぬいぐるみの頭を撫でていた。

「……私は星乃叶になりたかった」

「どういう意味だよ」

無表情に星乃叶を見つめる紗雪に問う。

答えは返ってこない。紗雪の視線は動かない。

「全部作り話って、なあ、どういうことだよ？」

説明が欲しかった。今、目の前に広がるこの光景の説明を、紗雪の口から聞きたかった。紗雪の口から聞くのでなければ、信じられないような気がしていた。

紗雪は星乃叶の手を握って。

「やっと、柚希と会えたね」

無理やり作られた笑顔と共に、そう呟いた。

何が可笑しいのか。星乃叶は紗雪の言葉にクスクスと小さく笑う。六年ぶりに会う彼女は、もう十九歳になったはずなのに子どもみたいだった。屈託なく笑うその表情は、世界を知らない幼児のような、そんな眼差しで。

「場所を移そう。長い話になる」

ポツリと言った琉生に促され、俺は力の入らない両足でその白い部屋を後にしたのだが、どれだけ待ってみても、紗雪が出てくることはなかった。

琉生に案内されて向かったのは最上階の展望室だった。

ガラス張りの窓の向こうで、真っ白なシーツが風に吹かれてなびいている。

それから……。

琉生の冗談みたいな長い話を、怖い話を聞かされる子どものように聞いていた。真夏なのに身体の芯から冷えていくようで、震えを抑えながら耳を澄ます。

星乃叶は四年以上の間、昏睡状態だった。紗雪だけが星乃叶の目覚める日を信じていて、その想いに対する確信を表明するかのように、星乃叶がいつ目覚めても良いように、手紙やメールで俺の恋人を演じていた。紗雪は俺のことを好きだったのに、星乃叶のために自分を殺して、ずっとそうやって生きてきたのだという。

六年間、俺はずっと道化だったのだろうか。星乃叶の手紙を疑ったことなんて、一度としてなかった。そういえば紗雪は俺にノートを見せようとしなかったなとか、今になれば思い当たる節もあるにはある。どうしてアメリカに引っ越した星乃叶にきちんとプレゼントが届いたのだろうとか、疑問を抱いたことも確かにあった。けれど、まさか自分が紗雪に騙されているなんて、夢にも思っていなかった。まして紗雪が俺を好きだったなんて、にわかには信じられない。

すべての話を終えた琉生が去っていって。

一人になってからもしばらくの間、空を眺めて過ごした。この感情を消化することは出来なくとも、整理出来ないなりに、それでも時間は必要だった。

どれくらいそうしていただろう。もう一度、きちんと星乃叶と向き合おう、そう決めて展望室を後にする。

エレベーターで三階まで降り、見晴らしの良い通路の一番向こう、窓から差し込む強烈な真夏の光に晒され、遠く陽炎にでもなったかのように揺れる影があった。

星乃叶の部屋の前で立ちすくむのは紗雪だ。あいつの姿を見紛うはずがない。

戻って来た俺に気付き、睨みつけるような眼差しを向けてきた。

「何だよ。何でそんなところに突っ立ってんだよ」

あまりの苛立ちに、頭が痛み始めていた。

「ずっと、俺の手紙を盗み見ていたんだろ？　笑えよ。人の恋心を散々手の平の上で転がしてきたんだ。さぞ楽しかったんだろうな」

「楽しくなんてない」

「何、真面目に答えてんだよ。そんなこと聞きたいわけじゃねえんだよ！」

叫んでいた。

「馬鹿にしやがって。何で教えてくれなかったんだよ。いつ目覚めるかも分からない昏睡状態になったって知ったら、俺が星乃叶を簡単に捨てるとでも思ったのか？　見くびるなよ。お前らがやっていたことは最低だ。最っ低だ！　お前らは！」

無言を続ける紗雪に苛立ち、心の奥底にあった言葉が口をついて出てくる。

「お前、頭おかしいんじゃないのか？」

その言葉に、ようやく紗雪は反応した。一瞬、奇妙に口の端を動かした後、憐れむような眼で俺を見て、

「やっと気付いてくれたんだね」

どこかホッとしたように、そう漏らした。

「開き直ってんじゃねえよ」

顔を引きつらせる俺とは対照的に、紗雪の顔には薄らと笑みが浮かんでいる。終わらない労働から解放された奴隷のような、そんな安堵《あんど》の微笑。

「気付いてくれてありがとう」

そうか。ずっとお前のことが不思議だったけど、やっと分かったよ。

お前は生まれつき、壊れていたんだな。

「悪いけど、俺は、お前を理解出来る気がしないよ」

一瞥と共にそれを告げ、星乃叶の部屋へと続く扉に手をかける。

再びその白い部屋に足を踏み入れ、扉を閉める直前、紗雪に目をやった。

強烈な光を浴びながら、あいつは相変わらず廊下に立ち尽くしていて、うつむき続

けるその影だけが、真夏の熱気で微かに揺れていた。

部屋に戻って来た俺を見て、星乃叶は不思議そうに首をかしげた。顔の半分を隠した漆黒の髪から覗く表情は、六年間の何もかもを嘘に変えてしまうみたいな、あどけない眼差しで、胸の柔らかい場所が締め付けられる。

星乃叶はすぐに俺に興味をなくしたようだ。声をかけても、手を取ってみても、ぞんざいな反応しか見せない。

高校生の時に俺が郵送でプレゼントしたクマのぬいぐるみを逆さまに抱えて、両足を引っ張ったり、上下交互に意味もなく動かしたり、遊び方すら忘れてしまった彼女の一つ一つの所作はあまりにも痛々しく。

どんな言葉をかけてみても、彼女は反応しなかった。

ようやくこんなに傍まで来たのに、星乃叶は恋を忘れてしまった。

ベッドの脇、俺が写っている写真に手を伸ばす。それに触れようとした時、不意に横から奪い取られた。大切なおもちゃを取られそうになって怒る子どものように、写真立てを懐に抱え、星乃叶は憎悪の眼差しを俺に向けている。

嫌悪の瞳さえ綺麗と思わずにはいられないなんて、恋は残酷だ。

「それ、俺なんだぜ」

嘆きの言葉は届かない。星乃叶にはその意味が分からない。

諦めて写真立てが置いてあったテーブルから離れる。すると安心したように星乃叶はそれを元の位置に戻した。

「それ、宝物なのか?」

反応はない。星乃叶は再び手元のぬいぐるみに夢中になり、俺の言葉になど耳を傾けもしない。こんなにも近くにいるのに、俺の言葉はもう彼女に届かないのだろうか。もう二度と思い出してはくれないのだろうか。

俺はずっとお前を想い続けてきたんだぞ。ずっと会える日を信じて、幼い頃の約束を胸に秘めて生きてきたのに、何でそんなに簡単に俺のことを忘れてんだよ。

「……なあ、星乃叶」

本当に俺のこと分かんないのか? 俺たちが交わした約束は、ほとんどお前が言ってたことなんだぞ? どうして勝手に忘れてんだよ。

星乃叶はぬいぐるみを逆さまにしたまま、両足を勢いよく何度も出したり引いたりしている。

「そんなに強く引っ張ったら千切れちゃうよ」

何でそんなに夢中になって足を引っ張るんだよ。

「それ、お気に入りなんだろ？」

言葉が届かないことに疲弊して、パイプ椅子に腰掛けた。

飽きずにクマの足を動かし続ける星乃叶を見つめる。

俺は注意したからな。足が千切れて泣いたって知らないからな。

しかしその時、投げやりになる気持ちに自己嫌悪を覚えながら、気付いてしまった。

「お前、もしかして……」


中学一年の梅雨の季節だったと思う。

部活で隣の中学校と一年生同士の練習試合が組まれたことがある。河川敷沿いのコートに、星乃叶は紗雪と二人で応援に来てくれて。

『あたしね、柚希がシュートを打つ時のフォームが好きなの。アウトサイドシュートっていうんだっけ？　ほら、こうやって右足を外側に跳ねるように蹴り出す、あれが格好良いんだよね』

ずっと忘れていた星乃叶の言葉が甦った。

お前、まさか、そのクマでシュートを打ってたのか？

なあ、そうなんだろ？

俺を忘れたわけじゃなかったんだよな？

不意にベッドの脇のカレンダーが目に入り、胸にある一つの約束が甦った。

そっと星乃叶の頭に手を置くと、彼女が嬉しそうに目を閉じて、甘えたような声が耳に届く。呼応するように優しく頭を撫でてやった。

「待ってろ。俺が何とかしてやるからな」

そうだ。俺にしか出来ないことが、この世界にはある。

俺にしか果たせない約束が、二人の間には確かにある。

携帯電話でそれを確認してから、俺は部屋を飛び出した。

2

あまりの人の多さと熱気に眩暈《めまい》がした。

オレンジ色のサポーターが溢れる新潟のスタジアムに着いた時、時刻は午後五時を回っていた。通常、Ｊリーグの夏場の試合は夜間に設定される。今節の新潟戦は七時キックオフだった。

アルビレックス新潟のサポーターの多さには六年前も驚かされたが、Ｊ１に定着したこのクラブの動員数は、かつての記憶が一蹴されるほどに圧倒的だった。溢れんばかりの人の波を掻き分けながら、微かな記憶を頼りに目的の行列を探す。

メインゲート前広場、立ち並ぶ屋台の中で最も長い行列が出来ているのは、あの日と変わらない、俺が求めていたそのお店だった。

財布の中を確認する。もう紙幣は一枚もない。飛び乗った新幹線とタクシー代、ホームセンターで引っつかむようにして購入したクーラーボックスと、詰められるだけ詰め込んだありったけの氷、すべては今、目の前に続く行列の向こうで待つ、それを手にするためのものだ。

頼む、間に合ってくれ。お願いだから、この願いを殺さないでくれ。絶対に果たすと誓った、大切な約束なんだ。これぐらいしか今の俺に出来ることはない。星乃叶《ほのか》との果たせなかった夢を叶えてあげるぐらいしか俺には……。

その時、スタジアムの中から一際大きな歓声が上がった。

選手のウォーミングアップが始まったのだろうか。それとも何か試合前のセレモニーでもあるのだろうか。顔を上げると、辺り一面の人々が皆、吸い込まれるようにスタジアムを見つめていた。

思い出す。そうだ。ここは夢の劇場なのだ。ビッグスワンには魔物が住んでいる。それは甲府サポーターの俺でも知っている有名な話だし、このスタジアムでは、まるで奇跡のような試合が何度も繰り広げられている。

だけど、もしかしたら……。

人の波に飲まれ、溢れんばかりの狂熱に触れて、気付いてしまった。

幾つもの奇跡を起こしてきたのは、このスタジアムでも、選手でも、まして監督の采配《さいはい》でもなかったのではないだろうか。それは、これだけのサポーターが集い、一つに重ねた祈りと願いの結晶だ。強い想いが、揺らぐことの無い信じる心が、ここで奇跡を起こしてきたのだ。

もしも奇跡を起こす願いが祈りなら、星乃叶の目覚めを紗雪《さゆき》が信じたように、今度は、星乃叶の回復を信じるのが俺の役目じゃないのか？

医者が何を断じようと、世界中に笑われようと、それでも最後まで星乃叶を信じる権利が、恋人である俺から奪われて良いはずがない。

遠い日に星乃叶と約束したそれを手に入れて、クーラーボックスに丁寧にしまうと、夢のスタジアムを後にする。

コンビニでお金を引き出し、帰りの新幹線に駆け込んで、朝、琉生《るい》と待ち合わせをした駅からタクシーに飛び乗る。クーラーボックスを膝の上に抱え、卵を抱く親鳥の気持ちに気付きながら、施設へと向かう。

施設の玄関で見上げれば、スモッグで揺らぐ星空が、それでも微かに広がっていて、星乃叶を信じるという想いだけを胸に、その部屋へと向かった。


扉を開ける。

まだ消灯されていないその部屋の隅には膝を抱えてうずくまる紗雪がいて、眠っているのか微動だにしない。その肩を叩き、名前を呼ぶと、紗雪ははじかれたように顔を上げた。

こんな時刻に俺が戻ってきたからだろうか。それとも、喧嘩別れのようになった後だけに気まずいからだろうか。紗雪は怯えたような眼差しで俺を見た。

「お前、混乱すると周りが見えなくなるタイプだろ。どこで寝てんだよ」

「そんなこと……」

強張った表情で何かを言い返そうとした紗雪だったが、途中で言葉を飲み込んだ。その心中はやはり俺には分からなかったけど、そうして生まれた空白の時を利用して星乃叶に目を向ける。彼女はベッドの上で上半身を起こし、赤い毛糸玉を分解しながら遊んでいる。

「星乃叶には何を食べさせても大丈夫？」

紗雪は訳が分からないといった表情のまま、クーラーボックスに目をやり、それから曖昧に頷いた。

「そう、良かった」

紗雪の前にクーラーボックスを置き、上部の蓋《ふた》を開ける。中には『ダブル・ジェラート』が少しだけ形を崩しながら、しかし、それでもしっかりとその形を留めながら氷に囲まれている。

「柚希《ゆずき》。これ……」

「星乃叶、お腹空いてるか？」

言葉の意味が分かっているのか、いないのか。星乃叶は軽く首を傾げながら、不思議そうにこちらに視線を向けてきた。赤い毛糸に絡め取られた両手が胸の前で所在無く揺れていて、まるで手錠でもしているかのようだ。

「随分、可愛らしい囚人だな」

氷で冷えたコーンの部分を手に取り、彼女のベッドに歩み寄る。差し出されたジェラートに、星乃叶の表情が一瞬で明るくなる。

「覚えてるか？ これ、二人で食べられなかったら、俺、死刑にされるんだぜ」

星乃叶は満面の笑みで、差し出されたスプーンに向かって口を開けた。そっと、優しく彼女の口の中にジェラートを運んでやる。

氷菓の冷たさと口の中に広がる甘い雪解けに、星乃叶はくすぐったいような表情を見せた。

「んんー」

甘ったるい声で幸せそうに星乃叶は鳴いて。

「美味しいか？」

質問には答えず、毛糸の絡まる両手を、俺の持つジェラートに伸ばしてきた。

「ほら、運命みたいな糸が絡まってるぞ」

「んー？」

忠告になんか耳も傾けず、星乃叶は全身の体重を預けるように俺にもたれてきた。

「おい、焦るなよ。俺がちゃんと食べさせてやるからな」

自分でも一口食べた後、もう一度、星乃叶に食べさせてやる。

後方から、しゃくりあげるような嗚咽《おえつ》が聞こえてきて。

だけど、俺は振り返らなかった。

「良かった……」

後ろから耳に届くのは紗雪の消えそうな声。

「星乃叶……。良かったね……」

それは夏の熱に溶けてしまいそうな、微かな声だった。優しさとか、思いやりだとか、愛といったような、そういう普遍的な何かに包まれた囁きだった。

大切な星乃叶の笑顔が見られるならば、それだけで世界は優しくなる。

そうやって俺たちは生きていく。

3

星乃叶《ほのか》は季節はずれの雨が好きだった。まだ俺たちが子どもだった頃、真夏のデートで雨が降って、星乃叶はビニール傘を投げ出すと、天を仰いだ。

肩で弾ける雨粒を反射する光と、濡れた髪をなびかせる星乃叶が綺麗で、恋とはこういうことをいうのだろうと、幼い日の俺は思っていた。


今でも変わらずに美しい彼女が眠りにつき、俺と紗雪《さゆき》はその白い部屋を後にした。

お互いに無言のまま最終間際の電車に乗って、一人暮らしの自宅へと戻る。

アパートに辿り着き、別れの言葉も告げずに鍵を差し込んだ時、後ろから紗雪の張り詰めたような声が聞こえた。

「私を許さなくても良いから、聞いて欲しい話がある」

その言葉には答えず、鍵を解除して部屋の扉を開ける。

「待って！」

紗雪はすがりつくように俺の腕を摑んだ。

「許すも許さないもないよ。お前が話したいことがあるなら、何だって聞くから、その前にシャワーを浴びさせてくれ。シャツが汗を吸って気持ち悪いんだ」

目も合わせずに、そう告げた。

紗雪の手から力が抜け、そっと腕を引き離して部屋に入る。静かに扉を閉じ、耳を澄ませる。やがて隣の部屋の扉が開く音が聞こえて。

自分でも理由の分からない、深く長いため息が一つ漏れた。


何の気力も湧かないまま、ただ流れるだけのシャワーを浴び、髪も乾かさずにソファーに倒れ込んだ。そのまま、うとうとしかけていた俺はチャイムの音で目を覚ます。

紗雪もまたシャワーを浴びてきたのだろう。少しだけ湿ったその黒い髪から、桜の甘い香りがした。

一人暮らしを始めた四月、一緒にディスカウントストアに買い物に出掛けた際、紗雪がカートに一番安い奴を適当に放り込んだので、俺の使っているものと同じ奴を強制的に買わせたのだ。それ以来、紗雪はそのシャンプーとリンスを使い続けている。

冷えた麦茶を淹《い》れて、コースターと一緒に出す。

「……ありがと」

「聞いて欲しい話って何？　言い訳？」

紗雪は首を横に振る。

「もうすぐ、舞原《まいばら》さんが亡くなる」

その言葉を聞いた時、それが誰を指すのか分からなかった。舞原さん？　何で星乃叶のことをそんな風に呼んでんだ？　そう思った。だけど、すぐに気付く。

「星乃叶のお父さん、末期ガンなの。二年前にすい臓ガンだって診断されて、一度は手術が成功したんだけど、その後、また転移が見つかって……」

舞原慧斗《まいばらけいと》さんのことを思い出す。星乃叶によく似た、整った顔立ちの品のある男の人。だけど、いつも仕事で疲れていて、心配になるぐらいに痩せこけている人。

あの人が、少しだけ情けなくて、でも優しい、あの人がガン？

「星乃叶が入所している施設の隣に、併設した病院があったでしょ。舞原さんはそこで末期治療を受けてる。でも、もう今月が山だって……」

もう、残り半月もないじゃないか。

「星乃叶は……」

「お母さんが引き取りたいって言ってるけど、舞原さんが認めてくれなくて、負担をかけるだけの娘を預けるわけにはいかないから、児童養護施設に入れるって」

何だよ、それ。どこまで星乃叶の世界は壊れていくんだよ……。

星乃叶の状況も、自分自身の感情も、そのどちらも整理出来なかった。

知らされた幾つもの情報を、ただ、そういう字面としてしか把握出来ない。

沈黙を続けたまま考え込む俺に、

「これ、飛行機代」

お金の入った封筒が差し出された。

「ずっと騙し続けていて、ごめん。私のことは許さなくて良いから、星乃叶のことだけ、きちんと考えて欲しい」

それだけ言うと、紗雪は立ち上がり、飲みかけの麦茶を持ってキッチンへと消えた。

洗い物をする音が響いて、それから玄関のロックを解除する音が聞こえた。

「紗雪」

聞こえるかどうか分からなかったけど、その名前を呼んでみる。

いっこうにドアを開ける音は聞こえてこなくて、しばしの沈黙の後、

「……何？」

小さくなった彼女の返事が聞こえた。

渡された封筒を手に取り、玄関へと向かう。

紗雪が本当にアメリカへ行くつもりだったのか、それは俺には分からない。だけど、あいつが親に頼んでチケットを手配してくれたのは事実だ。

差し出された封筒には、きっと紗雪なりの謝罪の意味合いも含まれているのだろう。だけどもう、俺には紗雪を責めるつもりなどなかった。なんて言えば、この複雑な胸のうちは伝わるだろうか。

「この金で、しばらく贅沢な夕飯が食いたい」

そう告げると、紗雪は少しだけ大きく目を見開いて。

「明日も？」

遠慮がちにそう尋ねてきた。

俺はゆっくりと頷いて、紗雪のあまり変化のない顔に浮かんでいた緊張が、少しだけ和らいだのが分かった。

紗雪は俺に嘘をつき続けていた。意図的に俺を欺いて、何度も何度も嘘に嘘を重ねた。だけど、あいつがついた嘘は自分を守るための嘘じゃない。ただ、たった一人の親友である星乃叶を守るための嘘だった。星乃叶のためだけの嘘だった。

紗雪に罪はある。けれど、その嘘に気付いてやれなかった俺にも、きっと罪はある。

多分、今、俺が傷つくことは、紗雪を傷つけることと同義だ。そして、投げやりになる感情にこの身を任せたとしても、この世界が好転することはない。

自らも十分に傷つけながら、紗雪が諸刃の刃《やいば》で嘘をつき続けた理由。怒るよりも前に、非難するよりも先に、まずはそれを理解したかった。ずっと俺なんかのことを想い続けてくれた紗雪の心の中を、きちんと理解してあげたかった。そうすることが、いつだって一番近くにいてくれた紗雪に対する誠実さだった。

4

星乃叶《ほのか》との再会から三日が経ち、未来について悩むだけ悩み、過去に後悔するだけ後悔して、俺は一つの結論に達した。慧斗《けいと》さんの余命が幾許もないこと。それを知ったことが、逆に覚悟を決めさせたのかもしれない。

訪問した慧斗さんの病室は末期症状の患者が集まる病棟にあって、どこかうら寂しく、たとえようのない荒涼とした気持ちを胸の内側に運んでくる。

日々、人の生死に触れる場所で働く人たちは、どういう風に感情をコントロールしているのだろう。多分、今、息苦しいのは、抱えた覚悟のせいだけではなく、きっと、この別れの匂いに満ちた病院独特の雰囲気のせいでもある。

『五〇二号室　舞原《まいばら》　慧斗《けいと》　様』

目的の部屋に辿り着き、一つ深呼吸をした。背筋を伝った冷たい汗は、きっと長い距離を歩いたせいだけではない。今日、この時刻にお見舞いに出向くことは、看護師を通して既に慧斗さんに告げてある。

「失礼します」

病室へと入り、頭を下げる。

そこは四人部屋で、六年ぶりに会う慧斗さんは、こちらに慈愛にも似た微笑みを向けてくれたのだが、なんだかもう、真っ直ぐに見ることが辛くなるほどに痩せこけていた。

「紗雪《さゆき》ちゃんに聞いたのかな？　君には確か……」

俺には星乃叶は事故で死んだと伝えて欲しい。それが慧斗さんの願いだった。

「知った時は言葉を失くしました」

慧斗さんは申し訳無さそうな表情を見せた後、それでも優しく微笑んだ。

「大きくなったね。もう、君も立派な大人だ」

「そんなことないですよ」

本当に、謙遜《けんそん》ではなく、そう思う。

「来てくれて嬉しいよ。星乃叶にはもう会ったんだろ？　あの子は君のことを分からないかもしれないけど、でも、小学生の頃の君の写真にだけは反応するんだ。ずっと大切にしていてね。記憶を失っても、君の姿だけは胸の中の一番大切な場所に深く刻まれているんだろうな」

星乃叶が昏睡状態に陥るきっかけとなった継母は、結局、あの事故のすぐ後で慧斗さんと正式に離婚したらしい。慧斗さんにとって星乃叶は、残されたたった一人の家族だ。悲しいまでに最愛の一人娘なのだ。

「俺も星乃叶のことを忘れたことなんてなかったんです」

それだけは偽りのない事実だ。

俺は紗雪の嘘に騙され続けていただけだけど、それでも星乃叶を想い続けた日々は嘘じゃない。あの優しい想いに満たされていた日々は幻なんかじゃない。

「ありがとう。本当に星乃叶は幸せな子だったんだな。紗雪ちゃんや君のような優しい友達にいつまでも想ってもらえて……。僕にはずっと親友がいなくてね。だからかな、うらやましいぐらいなんだ」

星乃叶が昏睡状態に陥ってしまった後で、慧斗さんはどれだけの絶望を感じたのだろう。目を覚まして、それでも娘が自分のことすら理解してくれなかった時、どれだけの痛みを覚えたのだろう。俺には想像も出来ないけど、でも、娘とたった二人で、この長い歳月を越えてきた慧斗さんは、運命を受け入れた、そんな穏やかな目をしていた。

「今日来たのはお見舞いのためだけじゃないんです。お願いがあります」

俺の言葉に慧斗さんは訝しげな眼差しを見せた。

持っていたバッグから、一枚の薄い用紙を取り出す。婚姻届だった。

「俺、星乃叶のことを信じたいんです。あいつは今、俺のことが分からないかもしれないですけど、でも、いつかきっと昔の自分を取り戻してくれるって信じたいんです」

中途半端な正義感とか、時間と共に薄れるだろう同情なんかが理由じゃない。

「もう嘆きたくないんです。だって六年も会えなかった星乃叶に、ようやく会えたんですよ？　だったら、俺一人ぐらい馬鹿みたいに信じちゃ駄目ですかね？　星乃叶に奇跡が起こるって、いつか全部、思い出してくれるって、俺ぐらい信じてやらなかったら、あいつは今度こそ本当に消えちゃうと思うんです。お願いします。星乃叶と一緒にいたいんです。一番近くにいたいんです。星乃叶と結婚させて下さい」

慧斗さんは唖然《あぜん》とした表情を浮かべている。目の前に差し出された紙切れが信じられないのか、それを持つ手が震えていた。

「君は……」

「あいつがこれから先、どんな風になってしまっても俺が支えます。たとえ星乃叶が最後まで自分のことを思い出せなくても、でも、もう身体は平気なんでしょ？　これから続く長い時を生きていくんでしょ？　だったら一緒にいさせて下さい。俺だけじゃない。紗雪だって、琉生《るい》だって、遥《はるか》さんだって、皆、星乃叶といたいんです。星乃叶が好きなんです」

慧斗さんは答える言葉を持たないようで、婚姻届をただ一心に見つめていた。

昨日、俺は山梨に戻り『夫、未成年者につきこの婚姻に同意する』との記述と共に、父親の署名捺印《なついん》をもらってきた。

「親父にも了解は得ています。大学を辞めて星乃叶の面倒を見ながら……」

慧斗さんが片手を上げて、俺を制した。

「どうして、そこまで。君には君の人生があるだろう？」

簡単なことだ。三日間、ずっと考えていた。だけど、どれだけ考えてみても、迷いなんて生まれなかった。俺が選ぶべき道は一つしかない。

「星乃叶に出会って、俺の人生は変わったんです。星乃叶が俺に出会ってくれたから、今の俺がいるんです。星乃叶に似合う男になりたかったから、俺はずっとそうやって生きてきたから、今更、別の人生なんて俺にはないんですよ」

慧斗さんは目を閉じてうつむき、白いものが混じり始めた前髪が、その眼を隠す。

俺は星乃叶と、この平坦《へいたん》ではない人生を生きていく。そう、決めていた。

5

三階の連絡通路を使って隣の介護施設へと移動し、星乃叶《ほのか》の元へと向かった。

三日ぶりに会う星乃叶には何ら変わった様子がなくて、俺を見た時、一瞬、不思議そうに首をかしげたが、すぐにまた、手元のおもちゃに夢中になった。

彼女が手の中で転がしているのは、一面も完成していないルービックキューブ。小学生の頃、二つの面を揃えた星乃叶が、誇らしげにそれを見せてきたことを思い出す。

本当に何でもないような子どもの頃の記憶が甦るだけで、感傷的になってしまう。涙だって、こんなにも簡単に零れそうになってしまう。

慧斗《けいと》さんが亡くなったら、星乃叶と結婚して一緒に暮らそう。

大学を辞めて、実家に戻って、父親が家にいる時間帯に、何かアルバイトでも始めれば良い。それが綺麗ごとだけでは済まされない、苦悩を共にする生活であることは、百も承知しているけど、そうしたいのだ。

いつか星乃叶に奇跡が起こる日のことを信じながら、紗雪《さゆき》が星乃叶のために青春時代の何もかもを犠牲にしたように、そうやって星乃叶のために生きたかった。

どれくらいその白い部屋にいただろうか。

飽きもせずに星乃叶を見つめ続けていたら、次第に彼女も俺を認識し始めたらしく、笑顔を向けてきたり、持っていたおもちゃを差し出してきたりした。差しのべられたそれを手に取り、微笑みを返す。

星乃叶が笑って、俺も笑って。

恩愛の心と共にそうしていれば、俺たちは立派に恋人だった。

西日が差しこみ、日暮れが近付いた頃。

看護師に車椅子を押してもらい、慧斗さんがやって来た。

「パーパ」

星乃叶は父親のことは分かるようで、嬉しそうにそう呼んだ。

「これを」

看護師が出て行くと、慧斗さんは手にしていた婚姻届を俺に差し出してきた。

もう捺印を済ませてくれたのだろうか。期待しながら受け取ったのだが、用紙を開くと『妻になる人』の欄には何も記入されていなかった。

これは、つまり……。俺が結論に達するより早く。

「君の気持ちには本当に感謝している。星乃叶に代わって、礼を言わせて欲しい」

「だったら……」

慧斗さんは首を横に振った。

「少しだけ僕の話を聞いてもらえないかな」

慧斗さんは穏やかな微笑みを湛えたまま、星乃叶を見つめる。

「この子が意識を失ってから、時間をおいて何回か精密検査が行われてね。目覚める可能性は事実上ないだろうって、その度に言われたんだ。二年が経ち、三年が経ち、星乃叶は本当に目覚めないんだって思い知らされて、こうしてこの子を生かし続けることに意味なんてないんじゃないかと思った」

淡々と、その少しだけ特徴的な低い声で、慧斗さんは続けた。

「治療費で手いっぱいで、肩代わりしてもらった借金を返す余裕もなくて、何のために生きているのか分からなくなることもあった。二年前、体調不良が原因で入院して、検査の結果、ガンだと診断されてね。当座の手術は成功して延命の時間を得たんだけど、転移が見つかって、完治は不可能だと診断された。星乃叶には僕しか家族がいないのに、その僕にも死が宣告されて、本当にもう、どうして良いか分からなくなってしまった。逃げることさえ僕には許されていなかった」

それは、俺が知らなかった慧斗さんの六年間の物語だった。

過去を悔いるように、自嘲の笑みを浮かべながら、慧斗さんは話を続ける。

「僕が死ねば星乃叶の身寄りはなくなる。家族さえ失い、目覚める可能性もないまま眠り続けることに、意味があるなんて思えなかった。何度も肺炎にかかって、その度に生死の淵を彷徨って、星乃叶は苦しみ続けていたんだ。そんな星乃叶を一人きりで、この世界に残していくことなんて出来なかった。だから、僕が死ぬのなら、星乃叶も休ませてあげようって、闇の中、ベッドの上に縛り続けるぐらいなら、一緒に眠ろうって、僕はね、自分が病気だと知った時、諦めたんだ。星乃叶を殺そうとした」

植物状態だった星乃叶のことは、俺にはよく分からない。慧斗さんが選ぼうとした選択肢が、倫理的にどういうものなのかも判断がつかない。だけど、慧斗さんは自分の罪を戒めるかのように『殺そうとした』と告げた。

「星乃叶を救ったのはね、全部、紗雪ちゃんだったんだ」

紗雪の名前を聞いて、無邪気におもちゃで遊ぶ星乃叶が一度、こちらに反応したような気がした。

「星乃叶が目覚めることを最初から最後まで信じていたのは、紗雪ちゃんだけだった。あの子がいなければ、星乃叶はもう死んでいたはずなんだ。紗雪ちゃんがいなければ、星乃叶は目覚めていない」

「さーゆ」

小さく、星乃叶が呟いた。

「嶌本《しまもと》君に聞いたよ。あの子は星乃叶が目覚めることを信じて、君の想いを繋ぎとめておくために、ずっと星乃叶を演じ続けていてくれたんだって。君はその嘘に傷ついたかもしれない。あの二人を責めるかもしれない。だけど、もしも責めるのなら、僕らにも一緒にその罪を負わせて欲しいんだ。僕が星乃叶を守れていたら、星乃叶がこんなことになっていなければ、あの子たちが嘘をつくこともなかったんだ」

遠くで色を変え始めた夕日に慧斗さんは目をやり、それから、

「紗雪ちゃんは、本当に君のことが好きなんだろうなぁ」

感心したように呟いた。

俺は返す言葉を持たなかった。

「星乃叶がこれからどうなっていくのかは分からない。でも、もう紗雪ちゃんが自分自身の幸せを願ったって良いだろう？　君が彼女のことを選ぶのかどうかは分からないけど、君だって、そういう普通の幸せを願って良いんだよ。だから、星乃叶との結婚を了承するわけにはいかない。君の前に広がる未来を、僕らのために摘むわけにはいかない」

「でも、俺は星乃叶と生きていたいんです」

「……うん。だから、星乃叶のことを託したいとは思っている」

「え？」

それはどういう……。

「柚希《ゆずき》君。星乃叶のことを君に任せても良いかな？　僕には君に渡せるお金もないし、星乃叶はこれから先、どれだけ回復するのかも分からないけど、でも、星乃叶はきっと、君の傍で生きていきたいと願っていたはずだから」

「はい！」

慌てたように口から飛び出した言葉は、自分でもびっくりするぐらいに大きくて。

「俺が支えます。俺が最期まで星乃叶の傍にいます」

慧斗さんの顔に満面の笑みが浮かび、深く、長い、安堵のため息が零れた。

「ありがとう。これでもう、僕はこの世に思い残すことはないよ」

慧斗さんは車椅子の上で深く頭を下げて。

差し出された、酷く冷えた右手を強く握り返した。

この六年間の何もかもが嘘だったとしても、人生は続く。

明日が雨でも、晴れでも、嵐でも、呼吸が続く限り生きていくしかない。眩暈がするほどに赤く染まった夕暮れに彩られた部屋で、俺は新しい人生を選び取った。

例えば、星乃叶が最後まで俺のことを思い出せなくても。

これから先、星乃叶が俺を愛してくれることはもうなくても。

想い続けることは出来る。

見返りを捨ててなお、彼女を慈しむ心さえあれば。

――それが愛だ。

最終話
星空にお祈り

1

慧斗《けいと》さんが永遠の眠りについてから、八年の歳月が流れた。

星乃叶《ほのか》を引き取ることになった俺は、彼女のために生きるという覚悟を固めていたし、何だって犠牲にしようと思っていたのだが、最後まで大学を辞めることはなかった。その最大の理由は、紗雪《さゆき》が同居し、三人で暮らすことになったからだ。実の父の死を理解していない星乃叶を、俺と紗雪で引き取って、キャンパスまで歩いて通える距離にある、２ＤＫの古いアパートに引っ越す。同居によって浮いた一軒分の家賃を上手くやり繰りしながら、両家の親の手助けも借りつつ、三人での共同生活は始まった。星乃叶の面倒を見るために、日中は俺と紗雪のどちらかが家にいなければならなかったけど、結局、俺は一年の留年を経て大学を卒業した。

星乃叶と紗雪と暮らし始めてから色々なことがあった。

抱えきれないほどに様々な感情を知ることにもなった。

まだ三人で暮らし始めたばかりの頃。

覚束無い足取りながらも歩けるようになった星乃叶は、新しい環境に戸惑いながらも紗雪には懐いており、家の中ではいつもその後ろをくっついて歩きまわっていた。

星乃叶が後ろをついてくることが、紗雪にはたまらなく嬉しいらしく、何度も振り返り、時にはその手を取って、二人はいつも一緒にいた。

他人から見れば痛々しいだけの共同生活だったかもしれない。それでも俺たちには、その暮らしがただ、ひたすらに似つかわしいように思えた。

引き取ったばかりの星乃叶は幼児と変わらなくて、でも、その容姿は俺たちと変わらない大人のそれだったし、眠たそうな眼をしていても美しさは揺らがない。星乃叶が纏うそれは、昔のように凜とした張りつめた美しさではないけど、春風のような懐かしさを感じさせるものだった。

そんな風な星乃叶を恋人と思い続けて良いのかは分からなかったし、彼女にしてみれば、俺は紗雪の友人とか、家にいつもいる男の人とか、そういう中途半端な立ち位置だったのかもしれない。

だけど、少しずつ星乃叶は俺に慣れてくれたし、次第に笑顔を向けてじゃれてくるようにもなった。

不意に背中から抱きつかれた時、星乃叶の甘い匂いが鼻を突く。よだれをかけられたりしながら、そうやって時々、現実を思い知らされたりもしながら、それでも変わってしまった恋人を見守り続け、俺は生きてきた。


星乃叶を引き取った最初の冬だっただろうか。

もうすぐ弥生《やよい》だというのに、横浜でも雪が積もったことがある。その日は朝から酷く冷えていて、スノードロップがうつむく出窓の向こうでは、重たそうな雪が視界を真っ白に染めて舞っていた。空から降ってくる柔らかそうなそれが面白いらしく、窓の前に座り込み、星乃叶は小一時間ほど外を眺めていた。

夜、こんなに寒いのだから鍋《なべ》をやろうということになり、星乃叶の好きな豆腐を息で冷まし、その口へと運ぼうとした時、不意に告げられた。

「パーパ」

思わず手から力が抜けて、豆腐がテーブルに落ちてしまう。慌てて紗雪がそれを拾ったのだが、俺はただ星乃叶を見つめるしかなかった。

今、何て言った？

俺の視線に呼応するように、星乃叶は首をかしげてから再度口を開いて。

「……パーパ？」

もう一度、今度は疑問を口にでもするかのようにそう言った。

心が軋む音がして、胸に何かが突き刺さる。終点まで締め付けられた螺子《ねじ》が、さらなる力をかけられて悲鳴をあげるような、そんな痛み。

そうか。そういうことなのか……。

痛みは、熱となって全身を走り抜ける。

俺が選び取ったこの場所は星乃叶にとって……。

いつの間にか溢れた涙が視界をぼやけさせて、強引に袖で目元を拭《ぬぐ》った。

「星乃叶」

その名前を呼んでみる。小さく、優しく、整理出来ない様々な想いを込めて、それでも彼女の名前を呼んでみる。

「星乃叶」

「……んー？」

俺にとって星乃叶は恋人でしかないけど、星乃叶は俺をパパだと、父親だとそう思っていた。

なあ、そうやって俺は生きていくのかな？

星乃叶は俺の娘になるのかな？

「パーパ」

もう一度、嬉しそうに星乃叶がそう呟いて。

家族の意味と、貫き通すことを許されないだろう愛を想い、寂寞たる想いに締め付けられる胸を押さえた。

2

二度目の四回生の夏だっただろうか。

帰国した琉生《るい》と一度だけ飲んだことがある。

小学生の頃は、二十歳を過ぎても琉生と友達でいるなんて夢にも思っていなかったが、何だかんだで、琉生は今でも親交のある唯一の友達だった。

渋谷まで出て居酒屋に入り、世間話なんかも交えながら、久方ぶりの再会に話は弾んだ。琉生は俺たち三人のことをありのままに理解出来る、この世界で唯一の友人だ。アメリカナイズされた琉生は学生時代の棘《とげ》が取れ、皮肉っぽい言動は相変わらずなのだが、それでも言葉の一つ一つにどこか温かさが感じられるようになっていた。

「美蔵《みくら》はどうしてる？」

琉生は酒に酔って少しだけ顔を赤くしながら、恐る恐る尋ねてきた。

「特に変わりはないかな。ああ、あいつは星乃叶《ほのか》が好きで好きでしょうがないんだろうな。毎日、一緒に寝てるよ」

「そっか……」

「お前はもう連絡取ってないの？」

琉生は手元に置いてある携帯電話を見つめる。

「ずっと好きだったお前と一緒に暮らしてるんだぜ？　この期に及んで、美蔵がほかの男になびくと思うか？　もう、すっぱり諦めたよ。お前らが星乃叶を引き取って一緒に暮らすってことになった時、自分の感情にもけりをつけたんだ」

「ふーん。まあ、そんなことを言われても、未だにあいつが俺を好きだとか、いまいちピンとこないけどな」

「お前以外の人間は、全員、ピンとくるどころか確信しているけどな」

一緒に暮らし始めて四年近い時が流れても、紗雪《さゆき》の態度はそれ以前と何ら変わらない。星乃叶の前では笑顔を見せることが多くなったが、俺の前では相変わらずの無表情。

琉生は手元のビールを一気に飲み干した後、

「あのさ、こういう話って、あんまり自分から切り出したくないんだけど……」

言いづらそうに上目遣いで俺を見た。

「何だよ。言いたくない話なら、別に聞かなくて良いよ」

「どっちかっていうと、ほかに話す奴もいないし、聞いて欲しいんだけど」

「面倒臭い奴だな。じゃあ、言えよ」

「俺も向こうで彼女が出来たんだ」

「へー……」

琉生がそういう話を自分からしてきたことは意外だった。

恥ずかしそうに笑みを浮かべながら、琉生は手帳から写真を取り出す。そこには琉生と金髪の童顔な女が、満面の笑みを浮かべて写っていた。ブルーの瞳に、吸い込まれそうなほどに真っ白な肌。

「アメリカ人？」

「いや、マルセイユ出身のフランス人。骨格が違うんだよ。足とか、めちゃくちゃ長いのな」

酒が入っているせいもあるのだろうが、あまりにも琉生が無防備にのろけるものだから、思わず笑ってしまった。

「もうちょっと、紗雪のことも引きずれよ」

「やれるだけのことを全部やって、それで振られたんだ。すっぱり諦めた。もう、振り返るのはやめたよ」

晴れ晴れとした顔で琉生は言い切って、あいつが前に進んだことを俺は知った。

「両想いって良いな。美蔵に振られるまでのすべてを、後悔なんてしていないけど、でも、やっぱり今が幸せだよ」

思い出してみれば、

『もし好きな女が出来たりしたら、星乃叶のことを忘れてもお前に罪はないと思うぜ』

琉生はそんな風に何度も俺に言ってきていた。紗雪が好きで付き合いたかったくせに、その紗雪が俺と付き合えるように協力もしていた。

「お前は良い奴なんだろうな」

「うわ、気持ちわりぃ」

褒め言葉を琉生は一蹴して、苦手だと言っていたくせに、俺の手元にあった日本酒をあおった。

それは、そんな風な他愛もないやり取りが続いた夜で、しかし、俺たちは確かに友達だった。中学生の頃は、本心の読めない琉生が苦手だったけど、大人になった俺たちは、気の置けない仲間となったのだ。


別れ際のホーム。

「一つだけ、美蔵にどうしても最後まで聞けなかったことがあるんだ」

不意に琉生が呟いて、タイミングを同じくして、電車が入ってくる。

「あいつは俺のことを友達だと思っていてくれたのかなぁ」

答えのための言葉を探す俺に小さく笑みを向け、一度、俺の肩を軽く叩くと、琉生は去っていった。


アパートに帰ると、紗雪が起きて待っていて、

「琉生、元気だった？」

何の感慨も持たずにそう尋ねてきた。それが紗雪のことを尋ねてきた時の琉生の様子とあまりにも違うものだから、何だか妙に琉生が可哀想になり、酔っていたせいもあるのかもしれないが、俺は嫌味のつもりで琉生の恋人の話を告げた。

「向こうで彼女が出来たってよ。フランス人」

「そう。……良かった」

心底ホッとしたように、紗雪がそう呟いて。

こいつにも罪悪感とかあったのかなと、そんなことを思った。

紗雪は星乃叶のための嘘に琉生を巻き込み、琉生は紗雪の願いを叶えるために、幾つもの案を練り続けていた。だが、それらの琉生の献身は、彼の目的成就のためという観点からみれば、徒労に終わった。自分が振りまわし続けた琉生の想いに対して、さすがに紗雪でも何かしら思うところがあるのかもしれない。

俺には紗雪の気持ちが分からないし、聞いても答えないだろうけど。

「綺麗な人だった？」

「ああ。人形みたいだったぜ。でも、俺は黒髪の方が好きかな」

呆れたように、紗雪は小さくため息をついて。

「私、黒髪だけど気付いてる？」

視線を逸らしながら、そう言った。

「ああ、気付いてるよ」

「なら良い。……おやすみ」

紗雪は星乃叶の眠る自室に消えていく。

もうちょっとで良いから、抑揚をつけて言えば可愛いんだろうに。星乃叶を起こさないように優しく閉められた扉を見つめながら、そんなことを思った。


シャワーを浴び、歯を磨いてから自室に戻る。

俺たちの部屋はふすまで仕切られているだけだから、隣で寝ている二人を起こさないよう、忍び足でベッドにもぐりこむ。ほろ酔い気分は醒めていたが、何となく頭が冴えてしまって、眠れそうになかった。

カーテン上部の隙間から洩《も》れて入ってくる街灯の薄明かり。その明かりを見つめながら、琉生のことを思い出していたら、ふすまをノックする音が聞こえた。

「まだ起きてる？」

囁くような紗雪の声が聞こえて。

ベッドから出ると、出来るだけ優しくふすまを開ける。

「どうした？　星乃叶が先に眠って怖くなったか？」

　俺は軽口を叩いたのだが、

「添い寝をしてくれるなら、怖くなるにやぶさかでない」

　そんな風に切り返されて、紗雪も冗談を言うようになったのだと思うと、何だか妙に感慨深かった。こいつも大人になったんだな。そんな風に感傷に浸っていたら、一枚のＣＤとヘッドフォンが差し出された。

「何？」

「何度か質問してきたでしょ？　何を聴いているのかって」

「ああ、そういや、そんなこともあったな」

　紗雪の部屋は極端に物が少ない。書棚にはかろうじて何冊かの本が並んでいたが、基本的に図書館の住人だし、ＣＤなんかは見かけたことがない。今は携帯オーディオがこいつの音楽プレイヤーだ。

　渡されたアルバムのタイトルは『Rain or Shine』、アーティスト名は知らなかった。

「部屋を真っ暗にして、ヘッドフォンでこの人の声を聴くのが好きなの」

「そういう趣味があるとは知らなかったな」

「世界がここにしかないみたいな気持ちになる」

こいつが自分の気持ちを話すのは珍しい。

「このアルバムの九曲目。ずっと、私のことだと思っていたから」

「ふーん」

「暇だったら聴いてみて」

ふすまを閉めようとした紗雪を一度制する。

「別に暇じゃなくても聴いてみるよ」

その言葉に紗雪は少しだけ表情を緩めて頷いた。


デスクのスタンドをつけ、言われたトラックに目を向ける。

俺は紗雪に告白された記憶がないのだが、そのトラックは『愛してほしくて』というなかなか直接的なタイトルだった。

パソコンを立ち上げ、アーティスト名をネットで検索したところ、九年前に他界したシンガーソングライターであることが分かる。

出来るだけ紗雪と同じ環境で聴いてみようと思い、部屋を真っ暗にした。コンポにCDをセットして、借りたヘッドフォンを耳に当ててから、リモコンの九番を押す。

聴こえてきたのは、まるで天使が囁いているみたいな、そんな優しい歌声だった。

こんな声の人がこの世界にいたことに驚く。

それは片想いの歌で、どれだけ強い想いで願っても叶わない恋の歌で、好きな人の愛は余所にあり、『ずっと思い続けても叶うとは限らない』そんな言葉で結ばれるその愛の歌は、とても哀しいものだった。

囁くような歌声だけが響く闇夜の帳《とばり》で、紗雪を想った。

あいつは今まで、どれくらいの切なさを味わってきたのだろう。

報われない想いを嘘で塗り固め、どれくらい傷ついてきたのだろう。

愛されたいという願いを噛み殺しながら、夢も、希望も、未来も、すべてを俺と星乃叶に重ねて、あいつは、ずっとそうやって生きてきたのだろうか。

3

二〇一四年、大学卒業と同時に山梨へと戻り、二階建ての一軒家を借りた。実家から車で十分ほどの場所に住むことになり、生活はずっと心強いものとなる。

紗雪《さゆき》は星乃叶《ほのか》の面倒を見るために就職しなかったのだが、俺の仕事の勤務サイクルがはっきりしてから、休日を合わせないようにして、近所のパン屋さんで早朝のパートを始めた。

働き始めて二ヶ月が経った頃だっただろうか。

パート先で急病人が出て、紗雪が日中も出勤しなければならなくなったことがある。結局、その日は遥《はるか》さんが星乃叶の面倒を見に来てくれて、残業を免除してもらい早々に帰宅すると、紗雪はまだ勤務中だった。

遊び疲れた星乃叶は既に眠っており、久しぶりに食べる遥さんの手料理は、母親の味とでも言うべき懐かしい味がした。

食事を終えた後、

「紗雪の奴、俺のこと好きなんだって」

俺がそう言うと、遥さんは真っ直ぐに俺の目を覗きこんできたのだけど、多分、その時に遥さんが見ていたのは俺ではなく、俺の中に映った一人娘だった。

やがて、

「でも……」

そんな接続助詞の後、

「そうだろうね。そりゃ、そうよ」

納得したように頷きながら、遥さんはそう言った。

「そっか」

「そうだよ。自覚してないの？」

俺は曖昧に笑って、遥さんはソファーで安らかな寝息をたてている星乃叶に目をやった。

「さゆが、ずっとあの子の真似をしてきたのは、きっとそういうことなんだろうなって、私は思っていたよ」

髪を伸ばしたことも、似合わない明るい色の日用品や雑貨も、挙げていけばきりがないけど、つき続けた嘘が暴かれたその日、紗雪は言い訳もせずに『私は星乃叶になりたかった』と、確かにそう言った。

「これでも一応、母親だからね。あの子が柚希《ゆずき》ちゃんのことをずっと好きだったことを私は知っていたもの。さゆを見ていると、時々、時代を間違えて生まれてきてしまったんじゃないのかなって思うことがあるよ」

「どういう意味？」

「世の中には色んな恋愛が溢れているでしょ？　それこそ映画やドラマのようなフィクションだけじゃなくて、噂話やインターネットで誰もが様々な恋愛模様を知っていて、自由に恋愛が出来る時代だから、自分にとっての理想の恋とか、運命の人を見つけようと、誰もが必死になっているわけ」

穏やかな笑みを浮かべたまま、遥さんは言葉を続けた。

「でも、そんな自由な恋愛は、もしかしたら本当は幸せなことではないのかもしれないって、さゆを見ていると思うことがあるのよ。あの子はね、他人がどんな恋愛をしているかなんて分からない時代、相手のことも、自分のことも、誰かと比べることなんてなかったような大昔の人たちと同じ恋愛をしているんだと思う」

母の目に映る娘の姿が語られていく。

「さゆにとっては、柚希ちゃんよりも素敵な男がいても関係ないの。だってほかの人のことを考える理由が、あの子にはないんだもの。年々離婚率は上昇する一方でしょ？　きっとね、離婚する人って、自分にとって、より相応しい人がどこかにいるって考えているのよ。でも、それって不誠実なことだし、そういう思いを抱く人の不安には終わりがこない。だけど、さゆはそんなことを考える必要がないの。だって、柚希ちゃんのことを誰かと比べたことが、そもそもないんだもの。あの子は、ただ柚希ちゃんを想っているだけ。迷うことがないあの子は、その想いだけで、きっと生きていける。たとえ結ばれたいという願いが永遠に満たされることがなくても、真っ直ぐな想いしか持たないということは、とても幸せなことだと私は思うわ」

それは、そんなやり取りが遥さんとの間であった三年前の話で、俺の中で何かが変わり始めたのは多分、あの夜からだったのだと思う。

精神的な部分で歳月と共に星乃叶が成長していき、そうやって星乃叶が社会性を取り戻していく姿を目にするのは、もちろん喜ぶべきことだ。だけど、真新しいキャンバスに描かれていく星乃叶の人格と触れ合うことは、かつての恋人が消え去ってしまったことを思い知らされることとも同義だった。

人の心はどれだけの痛みに耐えられるのだろう。俺には分からないし、不幸自慢にはきりがないから、誰かと比べたいとも思わない。それでも、星乃叶との恋人としての未来を諦めることは、俺にとって身を切られるような話には違いなく、そんな風に整理してみれば、これはもしかしたら現実逃避から始まった想いなのかもしれないけど、その頃から俺は一人の女として紗雪を見るようになっていった。

4

文月《ふみづき》のある星の降る夜、二人に浴衣を着せて散歩に出掛けたことがある。

星乃叶《ほのか》は日が落ちてからの散歩が大好きで、仕事を終えて帰宅した後に、三人で出掛けることがよくあった。

星空を見上げた時、いつも星乃叶は精一杯、手を伸ばす。

「星は摑めないよ」

そんな風に俺たちに言われても、星乃叶は諦めない。

叶わないと知りながら続ける努力も、叶わないことに気付きもしないで続ける努力も、多分神様の前には平等な祈りで、星乃叶は祈りなんて知らないから、代替するように手を伸ばす。

自分の名前を取り戻すために、叶わない願いを星に託して手を伸ばす。

お気に入りの土手まで歩き、草むらに三人で腰を下ろした。

両手を広げて仰向けに寝転がり、夜空を眺めてみる。

「夜露に濡れるよ」

俺を見下ろしながら、呆れるように紗雪《さゆき》が呟く。

「構わないよ」

「……風邪、引かないでよね」

紗雪はそう言って隣に腰を下ろす。つられるように星乃叶も座り込んだ。

「パパ」

「ん？　どうした？」

星乃叶が俺の手を握ってきて、指先に彼女の温もりが広がる。

「パパ……。ママ、好き？」

答えに窮する俺の目を、星乃叶は息のかかる距離まで接近して覗きこんでくる。

「星乃叶、ママ、好き。パパは？」

星乃叶の向こうで、紗雪は聞こえない振りでもするかのように、川の方を見つめたままだった。

「……パパも好きだよ」

そう答えた。

「いっしょ」

「そうだな」

星乃叶は俺の手を取って、上下に振る。

「いっしょ、……いっしょ」

上半身だけ起こし、星乃叶の頭を撫でてやる。幸せそうに星乃叶は目を閉じて、俺の胸にそっと額を当ててきた。軽く抱きしめてやると、星乃叶は猫の鳴き声のような、そんな可愛らしい声をあげた。

その向こうで紗雪の頬を何かが伝う。流れ星のようにすっと消えたそれは、きっと夜露なんかではなくて、誰もが心の中に抱え込んでいる、そういうセンチメンタルな何かだった。

俺と紗雪は星乃叶のパパとママだ。ここは俺たちの望んだ未来ではないけど、そして最善の未来でもなかったけど、でも、確かな温かさに満ちた、優しい愛情に満ちた、そういう未来だ。

星乃叶を真ん中にして、俺たち三人は繋いだ手を軽く振りながら、帰途につく。まるで家族のように、友達というよりは親友のようにして。

星空の帰り道を歩くのだ。

5

三人で暮らし始めてから、随分と長い時が経過したような気もするし、まだ再会を果たして間もないような感覚にとらわれることもある。

俺の人生には喜びと哀しみが色彩豊かに溢れており、自分でも感情を整理出来ていないから、その何もかもを上手く伝えることは難しい。

それでもどんなに辛い出来事が重なっても、俺たちは逃げないで生きてきた。それだけは胸を張ることが出来る。どんなに生きることが辛くても、閉ざされた未来がどれだけ胸を締め付けても、俺たち三人は呼吸をやめなかった。


山梨で働き始めて三年以上が経過して。

星乃叶《ほのか》は随分と流暢《りゅうちょう》に話せるようになってきたし、

「どうしてパパとママは結婚したの？」

不意にそんな質問をされ、思わずむせてしまったのは一週間ほど前のことだ。

おかしなテレビ番組は見せないようにしているのに、一体、どこでそんな言葉を覚えてきたのだろう。お隣さんのみーちゃんの影響だろうか。あの子は、ませているから要注意だ。

その日は俺が休みで、紗雪《さゆき》がパートに出掛ける日だった。遊び疲れて星乃叶が眠った後、デスクの引き出しから、一枚の書類を取り出す。

かつて俺は、一つの覚悟を決めて、この婚姻届に署名捺印した。あれから随分と歳月が流れたが、『妻になる人』の欄は今でも空欄のままだ。

星乃叶は成長している。昔の自分を取り戻すことは、これから先もないかもしれないけど、でも、確実に成長を見せている。今はまだ自分が大人の容姿をしていることを不思議に思っていないようだが、いずれ、みーちゃんと同じように、自分も幼稚園に通いたいとか、そんなことを言いだす日がきても不思議ではない。

星乃叶の身に起きた事情がいかに特殊なものでも、もう一度、公立の小中学校に通えるはずがない。フリースクールであれば受け入れてくれる場所を見つけられるかもしれないが、そうやって外部に出て行く機会が増えれば、保護者である俺たちの立場にもより正確な説明を求められるに違いない。そんな時、もしも俺と紗雪が本当のパパとママでないと知ったら、星乃叶はどう感じるのだろう……。

紗雪が仕事帰りに買ってきたチーズケーキを三人で食べて、お風呂から上がると星乃叶はうとうとし始めた。

起こさないようにそっとベッドに運んでやり、二人でその穏やかな寝顔を見つめていたら、紗雪が話し始めた。

「エデンの園で、アダムとイヴが食べたものって何だったか知ってる？」

何の脈絡もない唐突な質問だった。

「善悪の知識の木の実だろ？」

「それを食べてどうなったかは分かる？」

「楽園を追い出されたんだよな」

どうしていきなりこんな話を始めたのだろう。

紗雪はさらに質問を続けた。

「善悪の知識の木の実はエデンの中心にあったのね。でも、本当はそこにもう一本、別の木があったって知っていた？」

「いや、初耳だ。でも、それって旧約聖書の話だろ？　そんなこと本当に書いてあるのか？」

俺が無知だと思って適当なことを言ってんじゃないだろうな。エデンの中心に二本も木があったなんて話、聞いたこともない。

「神様はね、最初に『命の木』を、それから『善悪の知識の木』を生えさせたの」

「ふーん。命の木ね。で、それは何なんだ？」

それっぽい名前が出てきたことで、少しだけ紗雪の話に興味が湧いてきた。そういえば子どもの頃に観たアニメの中で、生命の樹とかカバラとか、そんな単語を聞いた記憶がある。命の木とはそれと同一なのだろうか。

「アダムがイヴに唆されて知識の木の実を食べた後、二人は楽園を追い出されるでしょ。その時に神様が言ったの。『命の木から実を取って食べることが出来ないようにする』って」

確か、神は最初の人間を、永遠の命を持つ者として創造したはずだ。

「つまり、その命の木の実の中に永遠の命の源が宿っていたってことか？」

「私はそうは思わないけど、そんなような意味でしょうね」

また要領を得ないことを、平然と言いやがる。

「そうは思わないんなら、はっきり言えよ。お前はどう解釈したんだ？」

「奇跡って即物的なものじゃないでしょ。多分、その命の木の実に与ることを許されているという事実が、神様からの永遠の命の保証だったんだと思う」

「難解だな」

「命だもの。深遠《しんえん》で当たり前でしょ」

まあ、そんな話もすべては紗雪の推論に過ぎないのだろうけど、それなりに面白い話ではあった。だけど、何で俺たちはこんな話をしているんだろう。

「で、この話のオチは何なんだ？」

「さあ？　別にオチなんてないけど」

「ないのかよ」

「ただ……」

やっぱり、あるんじゃないか。素直じゃない奴だ。

「ただ？」

先を促す。

「命の木って可哀想だなっていう話。善悪の知識の木より先にそこにあったのに、聖書の中にもきちんと記述されているのに、多くの人に忘れ去られている」

「まあ、禁断の木の実の方がインパクト強いしな。それにお前の説が正しけりゃ、善悪の知識の木の実を食べずにいることの、ご褒美みたいな実だったわけだろ？」

「おまけだと思う？」

「ニュアンスとしてはな」

紗雪は小さく、自嘲的に笑った。

それから、星乃叶の頭を一度、優しく撫でる。

「私は星乃叶より先に、柚希《ゆずき》の傍にいたよ」

一瞬、言葉の意味が分からなかったが、すぐに気付いた。

「星乃叶と柚希の恋愛の隣にいた私は、きっと、ただのおまけだけど」

淡々と、何の感情も込めずに、紗雪は言葉を続ける。

「でも、いつまでも忘れたままでいないで欲しい。私はここにいるよ。過去も、現在も、未来も、ずっと柚希を隣で想っている」

それは、幾分か強引に過ぎる引用ではあった。それでも、きっと必死で、紗雪は今日のために言葉を考えてきたのだろう。確かめなくても、それが分かった。

一度うつむいた後、決意を秘めた眼差しで紗雪は顔を上げて、

「私は柚希のことだけが好き」

初めて告白の言葉を口にした。

二十年以上、俺たちは一緒に生きてきた。
その間ずっと、紗雪は俺を想い続けていたのだろうか。
嘘も、打算も、計算も、純真も、卑怯《ひきょう》も、何もかもを包含したまま。
報われることなどないと知っても揺らぐことはなく。
未来が見えなくても怯《ひる》むことはなく。

紗雪は願いを折り込み、祈り続けていたのだろうか。

6

どうして紗雪《さゆき》は俺を好きになったんだろう。
どうして俺じゃなきゃ駄目だったんだろう。

二〇一七年、六月。時刻は午前十時。

俺は先月で二十七歳になった。隣で眠っている星乃叶《ほのか》と出会ったのは小学生の時だから、もう十五年以上前の話になる。

「もう朝だよ。いつまで寝てるの？」

頭を垂れたスノードロップが、その影をベッドの上に落としている。

気持ち良さそうに眠る星乃叶が目を覚ます気配はない。

「おいてっちゃうよ」

彼女の額に軽くキスをして、静かに腰を上げた。

星乃叶を想う気持ちに形ある何かを足すことも、形のない何かを引くことも出来ないけど。

例えば俺と星乃叶のどちらかが、別の誰かを好きになったとして、そんな別の誰かをお互いよりも深く愛してしまったとしても。

思うのだ。それでも星乃叶への愛が失われたわけではないのだということを、こんなにも愛おしく想っていた日々と、大切にしたいとそれだけを願った日々が、嘘に変わってしまうわけではないのだということを。

優しい気持ちは嘘じゃない。
愛されたい気持ちも罪じゃない。
何もかも理屈じゃない。
好きな気持ちはしょうがない、それだけだ。

エピローグ

起床し、リビングに入るとすぐに、本庄優奈《ほんじょうゆうな》はテーブルの上に置かれた来客用のお菓子を頰張った。

「こら、優奈！　ちゃんと顔は洗ったの？」

庭で洗濯物を干していた母からの声が飛ぶ。

「えー。だって水が冷たいんだもん」

神無月《かんなづき》。これからどんどん洗顔は辛くなる。

「湯沸かし器を使って良いって言ってるでしょ。ほら、ちゃんと洗って来なさい」

「はーい」

しぶしぶ台所へと向かう。今日は一日お休みで、外になんて出掛けないかもしれないのに、どうして顔を洗わなきゃいけないんだろう。

優奈にとって納得の出来ないことを実行に移すための動機は、大抵の場合、親の小言を避けるためだ。反論するより従った方が、効率が良い。

洗顔を済ませ、リビングに戻ると、朝食が用意されていた。

トーストにサラダと野菜ジュース。優奈は野菜が嫌いだったが、ジュースならばむしろ好んで飲むことが出来る。本当は百パーセントのグレープフルーツジュースが飲みたいところだが、そこまでの贅沢は通らない。

果汁百パーセントのジュースだけが、パッケージで果物の切り口写真や絵を使って良い。それを優奈は最近知ったけど、成分表示に当該果物以外が載せられているのに、どうして百パーセントと言えるのかは分からないままだった。ついでに言えば、濃縮還元の意味も分からない。

優奈の疑問は尽きるところを知らないが、両親も兄姉も大抵面倒臭がって相手をしてくれない。今度、小鳥遊《たかなし》さんに聞きに行こう。野菜ジュースを口にしながら、優奈は何となくそんなことを思っていた。

高校生の兄と姉は遅刻すると騒ぎながら、洗面台の取り合いをしていたが、小学二年生の優奈は学校の創立記念日でお休みだった。

朝食を終え、テーブルの上に畳まれた新聞を手に取る。分からない部分の方が多いが、新聞のすべてのページに目を通すのが、優奈の最近の日課だった。

縁側の傍、日当たりの良い畳の上が優奈のお気に入りである。い草の匂いが心地好いのだ。畳の上に新聞を広げて、目を落とす。

二〇七二年、十月十一日。

産声欄の半分くらいは読めない名前たちを目で追いながら、将来自分に子どもが出来たら、なんて名前をつけようかなとか、妄想と空想を入り混じらせつつ、ページをめくってゆく。

読めない漢字と遭遇するのは日常茶飯事だが、その中でも気になる漢字を発見して、優奈は辺りを見回した。兄と姉はもう出て行った。母親もパートに出掛けるためのお化粧で忙しい。となれば残るのは一人だけだ。

一階の一番奥、祖母の部屋へと出向く。

二回ノックすると祖母は顔を覗かせた。今日も朝から小綺麗な格好に身を包んでいる。優奈は優雅な物腰の祖母が大好きだった。

「玲香《れいか》おばーちゃん。これ、読んで」

孫娘にねだられ、祖母は老眼鏡をかけた。

「どれどれ。どの文字だい？」

「この見出しの三文字」

「ああ。これはね、追悼抄と読むんだよ」

「ついとーしょー？」

優奈には何のことだかさっぱり分からない。聞いたことのない言葉だ。

「ついとーしょーって何？」

「亡くなった人のことを想いながら書いた、お手紙みたいなものだよ」

「ふーん。ありがとー」

祖母に感謝すると、優奈はまたお気に入りの定位置に移動し、畳の上に寝転がった。

読めない漢字は多いけど、優奈はその中でも目を引いた長文に目を落とした。

『星空にお祈り』

十五年前に両親が立て続けに亡くなり、十年前には一人娘が静かに旅立ってゆきました。しかし、それでも傍には最愛の主人がいました。穏やかな日々は流れ、その主人もまた、私の元を去り、旅立っていったのは一ヶ月前のことです。

どこかで大切な感情を欠落して生まれてきてしまった私には、知人友人がほとんどいませんでした。幼少の頃より、ずっと一人で生きてゆくのだと覚悟もしておりました。

主人は幼馴染で、物心がついた頃より隣の家に住んでいましたが、彼の心の中にはずっとある女性がいて、私はいつもその横顔だけを、斜め後ろから眺めていたものです。

そんな私を主人が選んでくれたのは、二十七歳の時でした。

孤独に慣れていたはずの私の心をほどき、社会のしがらみに疲れ、やつれてゆく私を優しく受け止めてくれて、ずっと隣にいたら良いよと、そんな言葉で孤独な人生に終止符を打ってくれた主人。愛されることの喜びも、愛することの喜びも、すべてをくれたのはあの人でした。

想い続けた積年の日々が報われる。その幸福は至上のものだったのです。


ささやかながらも、幸せな人生だったと自負しております。

不器用な私を怒ることもなく、主人はいつも温かく見守ってくれました。思い起こしてみても、添い遂げることを決めた夜から、不安にさせられたことも、悲しい思いをさせられたこともありません。

子宝には恵まれませんでしたが、穏やかな人生でした。


七十一歳の夏、私たち夫婦は一人娘と友人と四人でハレー彗星を見ました。学生だった時分に流星群を見た丘で、もう一度、四人で夜空を眺めて。

また、次の彗星も見ようね。

それまでずっと一緒に生きていこうね。

叶わないと知りながら、それでも夢を見て、けれど交わした約束は、やはり叶うことはなくて、翌年、娘は亡くなり、主人もついに息を引き取りました。

愛する人を失っても日々は続きます。

悲しみも、寂しさも、癒えることはなく。

孤独な想いがやがて穏やかな優しさに変わっていっても、寂寞とした胸のうちが晴れることはないのです。

私は毎日、毎日、泣いて過ごしています。

朝起きる度に、娘のいない孤独な一日を思い、涙が頬をつたいます。

就寝時には隣にいない主人を想い、涙が枕を濡らすのです。

寂しいと呟いても、もう、誰も肩を抱いてはくれません。


人生は一度きりなのでしょうか。

私たちの命が儚い以上、愛はいつか潰《つい》える定めなのでしょうか。

私は星空を眺める度に祈るのです。

もう一度、あの人に逢えますように。

次の人生でも、天国でも、何でも構わない。

神様、主人と娘と、もう一度、巡り逢えますように。
せめて私の命が尽きるその日まで、この想いがどうか、色褪せることなく続きますように。

富士《ふじ》河口湖《かわぐちこ》町《まち》　逢坂《あいざか》　紗雪《さゆき》(82)

初恋彗星　了

あとがき

初恋は小学三年生の長月《ながつき》のことでした。彼女は夏休み明けに転校してきた華奢《きゃしゃ》な少女で、素敵な語感の名前と、あやとりが得意という家庭的な側面を持ち合わせていました。その凜とした佇まいに、すぐに目を奪われてしまったと記憶しています。

ある時、国語の授業で『空は青いのに、どうして宇宙は紫色なんだろう』という詩を書き、クラス中から「宇宙は黒だ」と大ブーイングを浴びたことがあります。子ども心にトラウマを負ったわけですが、一方で彼女は『十時にね』という詩を書きました。要約するとこんな内容だったと思います。

電線にハトが止まっており、その電線から男の子と女の子の会話が聞こえてきます。二人は会う約束をして、十時に公園で待ち合わせをします。そして、ハトが飛び立つのです。きっと公園へ向かったのでしょう。

その詩を読み、心が震えました。これが詩なのだと幼心に強く思いました。多分、彼女への恋心を自覚したのも、その時だったのだと思います。

三学期になり、彼女と僕はクラス委員長になりました。面映《おもはゆ》い胸を抑えながら、一緒に学年会議に出たり、学級会で司会を務めたり、そんな風にして僕たちの冬は穏やかに過ぎていきました。

やがて優しい春がきて、父の転勤に伴い僕は引っ越すことになるのですが、転校先でもことあるごとにかつての友人たちを思い出しました。失ってしまった日々が、僕にはたまらなく愛おしいものだったのです。

新しい小学校では、毎日、図書室に通っていました。目新しい物語が書架から消え、詩歌を手に取り始めた時、僕は高学年になっていました。そしてある日、重大な事件が起きたのです。

偶然手に取った詩集をめくっていると、不意に懐かしい題名に出会いました。

『十時にね』

見紛うはずがありません。暗唱出来るほど、僕はその詩を読み込んでいました。彼女の作ったその洗練された美しい詩は、書籍になっていたのです。小説家になりたいという願いを抱くようになっていた僕は、羨《うらや》ましさを感じると共に、幸せな想いで胸が満たされていくのを感じていました。遠く離れてしまい、もう二度と会うことはないだろうと思っていた初恋の少女と本を通して再会したのです。そして……。

僕は奥付の発行日付を読み、一つの残酷な真実に辿り着きました。

そうです。彼女の詩はパクリだったのです。

幼き日の恋する少年は、その時、一つの真理を思い知りました。

ああ、初恋って切ないんだな、と。


遅くなりましたが、拙作を手に取って頂きまして誠にありがとうございます。

綾崎隼《あやさきしゅん》と申します。

自身で経験した『初恋事変』の際に知った切なさを凝縮した（可能性のある）本作ですが、その余韻が、あとがきによってぶち壊しにされていないか心配です。


どうしても述べておきたい謝辞があります。

ワカマツカオリ様。『蒼空時雨《あおぞらしぐれ》』に引き続き、本作の装画を引き受けて下さったことに、深く感謝を申し上げます。冷静に考えてみたのですが、やっぱり大好きです。

前作同様、表紙をきっかけに手に取って下さった方が、沢山いらっしゃると思うのですが、本作は章扉まで描き下ろして頂きました。幸せです。

担当編集の三木《みき》（二十四時間働けますよね）一馬《かずま》さん。いつも的確なアドバイスを頂けることに、感謝の念はつきません。今後とも、どうぞよろしくお願い致します。

最後に、とても大切な読者の皆様へ。

ささやかでも楽しんで頂けたのであれば、それにまさる幸せはありません。

『雨』と『星』をモチーフに二冊上梓《じょうし》させて頂いたのですが、どうやら次のチャンスもあるようです。メディアワークス文庫編集部は懐が深いですね。

次作のモチーフは『虹《にじ》』となる予定です。

それでは、あなたと別の書籍で、もう一度、会えることを祈りながら。

綾崎　隼

追記

本作には一点、現実の歴史と矛盾する記述が存在しています。

気付いて憤慨された方もいらっしゃるかもしれませんが、いつか描くかもしれない物語の為の遊びでしかありませんので、寛容な心で読み飛ばして頂ければ幸いです。

綾崎　隼　著作リスト

蒼空時雨（メディアワークス文庫）
初恋彗星（同）

メディアワークス文庫

初恋彗星《はつこいすいせい》

綾崎《あやさき》　隼《しゅん》

発行　2010年5月25日　初版発行

発行者　高野　潔
発行所　株式会社アスキー・メディアワークス
〒160-8326　東京都新宿区西新宿4-34-7
電話03-6866-7311（編集）
発売元　株式会社角川グループパブリッシング
〒102-8177　東京都千代田区富士見2-13-3
電話03-3238-8605（営業）
装丁者　渡辺宏一（有限会社ニイナナニイゴオ）
印刷・製本　加藤製版印刷株式会社

Printed in Japan
ISBN978-4-04-868584-9
JASRAC　出1004936-001

アスキー・メディアワークス　http://asciimw.jp/
メディアワークス文庫　http://mwbunko.com/

本書に対するご意見、ご感想をお寄せください。

あて先
〒160-8326　東京都新宿区西新宿4-34-7　株式会社アスキー・メディアワークス
メディアワークス文庫編集部
「綾崎 隼先生」係